Zeta Narrativa

290

www.alessiosartore.com
Copertina: Illustrazione e Grafica www.carlamanea.com

Prosa Italiana Contemporanea

Questo volume
a cura di
Campanotto Editore
è stato impresso
a Pasian di Prato
nel laboratorio d'arte
Grafiche Piratello
nel mese di dicembre 2009

Via Marano, 46 - 33037 Pasian di Prato (UD) Italia
Tel. 0432/699390 Fax 0432/644728
c/c postale 16083339
e-mail: edizioni@campanottoeditore.it
sito internet: http://www.campanottoeditore.it

ISBN 978-88-456-1132-2

Alessio Sartore

QUEL CIAO
ERA GIÀ UN DESIDERIO

Campanotto Editore

A Maria

Ai miei

COME LA NEVE

Lo sentiva all'altezza dello sterno. Un dolore quasi un'eco.

Andrea aveva la testa piena di Linda.

Ricordava l'ultima volta che l'aveva sentita, un paio di giorni prima al telefono.

«Non è giusto» esordì Andrea.

«Non è giusto!»

Linda non diceva niente.

«Una settimana in vacanza» continuò, «il suo regalo di Natale? Ma perché ci vai?»

Linda teneva entrambe le mani appoggiate alla cornetta. Guido aveva appena telefonato. Linda non pensava ad altro che a richiamarlo. Aveva ancora voglia di lui, non c'era niente da fare.

«Ti richiamo dopo, Andrea» disse Linda.

«No, non chiamarmi» rispose Andrea.

Ma nemmeno lui ci credeva più di tanto. Riattaccarono. Andrea sentiva un groppo alla gola. Aveva passato gli ultimi due mesi ad innamorarsi di lei. E ora lei, come se niente fosse, se ne andava in vacanza con Guido. Ma la amava, Andrea, la amava eccome, e la vedeva dappertutto. Infilata in ogni pensiero, nascosta sotto la tazza del caffè a colazione, nel tubetto dello shampoo. Corse su internet per scriverle una mail. *Ho un nodo in gola*, cominciava così, e poi via a scrivere parole che subito cancellava. Passò mezz'ora, forse di più, Andrea non lo sapeva.

Drin. Il telefono. Linda.

«Ciao Andre» disse.

Quel ciao era già un desiderio.

Andrea lo sentiva. Era un vento tiepido in quell'inverno di libri ingialliti sullo scaffale.

«Andre» continuò, «il mio sogno è Guido.»

Andrea deglutì. Vedeva le sue mani prendere il foglio della vita e piegarlo a metà dalla parte in cui non c'era scritto niente. Stava in piedi vicino allo scrittoio su cui passava gran parte delle giornate ormai, sul legno chiaro dove si era addormentato una sera in cui aveva pianto troppo.

«Andre» disse infine Linda lasciando passare qualche istante, «non aspettarmi.»

Andrea si trovava in un angolo. Abbracciato alle corde del ring, cercava di non cadere. Uno, due, tre, l'arbitro contava con le dita che comparivano fuori dal pugno. Quattro, cinque, sei. Andrea si rialzò.

«Linda!» quasi urlando, «ora tu hai bisogno di riflettere, di *ammalarti*, come dici tu, e di pensare alla tua vita. E io non risponderò mai alle tue chiamate, ai tuoi messaggi, alle tue mail. Continuerò ad andare a sciare, a scriverti in blu su fogli bianchi, a leggere Buzzati. E scomparirò. L'ho già fatto, ricordi? Fa un male cane, ma ce la faccio. E poi, nel momento in cui avrai deciso qualcosa, qualsiasi cosa, me lo dirai.»

E mentre lo diceva, lei sorrideva. Il suo respiro gli entrò nella pelle. Sapeva che non l'avrebbe più sentita. Per alcuni giorni, forse per molti. Mesi, anni. Lui non l'avrebbe chiamata, non sarebbe andato lì dov'era in montagna con Guido e non le avrebbe sussurrato all'orecchio *sono il tuo cavaliere*.

«Verrò a prenderti», le aveva risposto quando lei il giorno prima tenendogli le mani gli aveva detto che se ne andava con Guido una settimana sulla neve. *Verrò a prenderti*, e lei non voleva dirgli dove andava.

«Tanto lo scopro, cosa credi?»

Ma poi decise che non sarebbe andato. Se una decisione andava presa, doveva essere libera, non condizionata da improvvisate o semplicemente dal cuore. Adesso era solo testa.

Linda aveva smesso di ridere. Ci fu silenzio. Non si sarebbero sentiti, scritti, visti per molto. Andrea era già al tasto rosso del telefono. La fine della chiamata. Il silenzio. La vedeva già lontanissima e gli occhi gli si salarono. Li stringeva e li riapriva annebbiato. La cornetta gli scivolò dalle mani. Linda aveva ripreso a parlare ma lui non l'ascoltava. Voleva sentire soltanto il suono delle sue parole. La musica della sua voce. Cercare di ricordare ogni singola nota, ogni lettera. La sola canzone che avrebbe ascoltato per i prossimi giorni senza di lei.

«So che ci incontreremo ancora» disse infine Linda, e la sua voce era cambiata.

La prima lacrima raggiunse il labbro superiore della bocca secca di Andrea, mentre un'altra si tuffava dagli occhi.

«Andre, mi mancherai tantissimo» continuò lei, e sembrava si fosse dimenticata di dover rimanere fredda, immobile.

«Andre, oggi guardavo il telefono ogni dieci minuti per vedere se chiamavi.»

Un piccolissimo singhiozzo. Lei lo sentì. Restò in silenzio.

«Andre.. Andre non piangere.»

«Adesso sto bene» sussurrò Andrea.

Finalmente non era più in sospeso. Finalmente era cosciente del dolore. E lei respirava forte per non piangere perché fra poco sarebbe passato Guido a prenderla.

Andrea prese il telefono con due mani e lo alzò verso il soffitto.

«Che male» disse, «Linda ciao...ciao!» e mise giù.

Già sapeva che non l'avrebbe sentita per molto, e disse *che male* per la fitta al cuore. Premette il tasto rosso di fine chiamata senza aspettare risposta.

L'ultima parola di Linda fu un *ciao*. Si era infilato tra i puntini dei due ciao che aveva detto Andrea con la cornetta alta sopra la testa. *Ciao*, aveva detto. Quel ciao era già un desiderio.

No. Non era il pensiero delle mani di Guido che si infilavano tra le cosce di Linda. Lei con le labbra ad abbracciare il cuscino, stringeva le lenzuola e si lasciava abbandonare. Non era questo. E nemmeno l'idea di quei momenti intimi, di quegli attimi di sale e pelle, la stessa pelle che anche Andrea aveva sfiorato. Non erano le dita che schivavano la bocca. Lei le prendeva con i denti e le mordeva. Gli occhi chiusi. Una scheggia d'amore svanita molto tempo prima. Non ci pensava. Solo a volte. Il dolore al petto lo sentiva per qualcos'altro. Un camino, per esempio. Il fuoco scoppiettava e Linda si stava addormentando con la testa appoggiata sul petto di Guido. Lui le accarezzava i capelli. L'altra mano l'aveva messa sul tappeto. Un ghirigoro azzurro scappava da sotto un dito e si perdeva nell'ombra della stanza. Poi uno sguardo, al mattino appena svegli pronti per un'altra sciata. Le risate quando lui cadeva goffo, la cioccolata condivisa con le mani ghiacciate, le mani subito unite dal calore della tazza. Lei che proprio non riusciva a dirgli basta. L'aveva amato, certo, e adesso invece non lo sentiva più quello slancio, ma qualcosa non lo lasciava andare.

Eppure Linda aveva già deciso: Andrea.

Si erano conosciuti per caso due mesi prima. Un giorno tra gli oblò del Museo del Mare in via degli Aranci 12. Proprio vicino all'opera 34: oblò di una nave d'altri tempi davano su un prato di foglie accartocciate nel silenzio di novembre. Ad Andrea cadde qualcosa. Uno sguardo. Lei lo raccolse e glielo restituì. Cominciò così. Poi le parole timide tra le tazzine di due caffè lisci. Colavano dagli occhi come olio e condivano una storia fatta di attese.

Un saluto, *ciao*. Un bacio schiva le labbra. Un profumo, adesso. La sua pelle si avvicina. Il primo incontro. Lei.

Andrea le scriveva. Ogni giorno. Se la immaginava al suo fianco, magari a leggere un libro, a raggiungere col dito l'ultima parola di una poesia sulle tigri. O seduti al ristorante, come quella volta.

«Orecchiette, grazie.»

«Anche per me.»

E il cameriere l'aveva detto con il suo accento pugliese, il libretto delle ordinazioni posato sulla pancia e un cappellino bianco a coprire la pelata.

«Tanto lo so, prendete sempre la stessa cosa.» E se ne andava.

Linda allora allungava le dita sul margine del piccolo tavolo avvicinando la guancia alla spalla quasi per nascondersi. Aspettava la sua mano. Andrea a volte proprio non se ne accorgeva. Altre invece guizzava da sotto con il piede e le toccava la gamba.

«Hai voglia?» chiedeva lui.

«Cosa?»

«Hai voglia di andare sulla collina?»

La città ai loro piedi, la pianura era lì. Camminarono. Un sentiero poco battuto. Scostarono i rovi che nascondevano un prato steso di sole. Un albero lì in fondo. Si sedettero su un letto di foglie gialle immobili. Prosciutto, pane. Un tè alla pesca. Il tè che non avrebbero mai più bevuto insieme. Parole, una gonna. Voleva stringerla almeno abbracciarla, ma si azzardò soltanto prima di scendere dalla macchina, poi quand'erano già tornati in città.

Cosa stava facendo lei adesso? Decise di non pensarci. Certo, Andrea aveva le sue cose da fare. Lo studio i libri i piatti il cane dormiva sul divano le parole a volte, diceva, *le parole non significano niente*. E tamburellava un pezzo di David Bowie poi si rifugiava dietro alle corde della chitarra, scaricava da internet le canzoni e se le suonava, le registrava, dava loro un titolo diverso così diventavano le sue e le riascoltava dieci volte. Ma pensava a lei. Anche sotto i bicchieri, quando sparecchiava la tavola dopo il pranzo. Sotto i bicchieri ci trovava i suoi occhi. Avevano deciso di non sentirsi finché lei non fosse tornata dalla neve. Anzi, finché lei non avesse preso una decisione. La decisione.

I giorni s'erano fermati. Andrea si arrampicava sulla lancetta dei minuti per cercare di tirarla giù, avanti. Ma lei niente, non voleva muoversi. Il capodanno con la sua carica di testosterone e banalità. Il primo dell'anno con il torpore nelle ossa. Il due tre quattro cinque...solo numeri adesso, così a scriverli, ma a viverli era tutt'altra cosa. La noia, il ghigno del tempo che lo fissava e si piazzava di fronte all'uscita per impedirgli il passaggio, le ore con l'orecchio vicino al telefono, i sorrisi soltanto ad immaginare di vederla, di abbracciarla, per poi svegliarsi e capire che era lì, solo, ancora, i risvegli la notte dopo averla sognata nel buio tastava il cuscino pensando fosse lei. Andrea aspettava. Le scriveva.

Poi arrivò. Il sei gennaio. La calza era piena di cioccolatini e un'arancia stava goffa in fondo al piede. Andrea uscì in strada. Era in montagna. L'ultimo giorno delle brevi vacanze natalizie. Sarebbe ripartito di lì a poco. Si fermò in un bar e ordinò un caffè. Mescolava col cucchiaino anche se non ci metteva lo zucchero. Era passata una settimana e sarebbe tornata. Oggi Linda sarebbe tornata dalla neve. Il bar era vuoto tranne due avventori. Uno leggeva il giornale e aveva un viso tondo. Si godeva un po' di vita. Un giornale al mattino, la brioche e un cappuccino. L'altro era un ragazzo sui quattordici anni che premeva i tasti di un videogioco. La manopola del joystick quasi non la usava. Nel locale si diffondeva un'aroma di candeggina. Dietro al bancone una signora con gli occhiali storti. La montatura dorata ricordava qualche serie tv tedesca. Alle sue spalle metri di bottiglie di amari grappe cognac whisky due Aperol Martini ancora grappe Vov giallo qualche altra bottiglia non identificata una foto in bianco e nero di una squadra di hockey delle montagne innevate con un arrampicatore una coppia in piedi di fronte all'obbiettivo gli occhi tesi brandy carte da briscola. Andrea ingollò il caffè d'un fiato. Oggi sarebbe tornata.

Era il sei gennaio venerdi e Linda percorreva in macchina la strada che la riportava a casa. Al suo fianco, Guido.

«Sei pronta per l'esame?»

«No..non sono riuscita a studiare molto.»

«Ma quando ce l'hai?»

«Martedi.»

«Quindi il week end non esci?»

«Beh, non lo so. Credo di si.»

Guido guardava la strada. Sperava gli chiedesse *hai voglia di uscire?* Ma lei fissava la linea bianca della carreggiata senza voltarsi. C'era la neve. Era neve sporca, ammassata al lato della carreggiata. Due anni e mezzo, quasi tre, e la amava. Sempre. Guido sapeva solo questo. Sapeva solo di amarla. Ma lei si mostrava schiva. Già da un po'. Già da quel giorno, prima delle vacanze.

«Guido, per me qualcosa è cambiato.»

Così aveva detto. Un paio di settimane prima, proprio ai margini del Natale, in una sera gelida, se lo ricordava bene. E Guido sentiva una lama infilarsi piano piano nel ventre. Non riusciva a dire niente. Solo guardarla. E i suoi occhi erano trasparenti, lontani. Le si avvicinò, cercò di sfiorarle i capelli, ma lei si ritrasse. *Forse è meglio che ti riporti a casa.* Linda fece di si con la testa.

La sera era scomparsa. Il buio li lasciava in silenzio. La macchina guidava e sotto una stazione radio passava pop innocuo.

«Linda..» disse Guido, e si girò a guardarla. Lei lo guardò. I suoi occhi d'autunno non gli dicevano amore, non gli sussurravano buonanotte prima di addormentarsi, non gli tenevano stretta la mano per attraversare di corsa la strada con l'omino verde che lampeggiava, non lo baciavano. Ma erano ancora lì. Per quanto ancora? si chiese. Poi Linda tornò a fissare la strada. Una settimana sulla neve era appena finita. Non poteva certo dire che non si fossero divertiti. Guido ricordava Linda quasi scivolare sullo skilift e lui da dietro che le urlava *stai attenta amore!* E si dimenticava i brutti momenti, i silenzi sotto le coperte, gli sguardi assenti la notte di Capodanno. E rideva, Guido.

Linda, una volta risistemata sulla traiettoria bianca degli sci, calò il sorriso. Lei si sentiva in sospeso. Appesa come un quadro a una parete di gomma. Il vento delle Dolomiti le scheggiava il viso e lei si chiedeva *come ci sono arrivata qui?* Lo skilift la portava su a strattoni e lì lo sentì. Un peso. Sulle braccia poi sul petto. Un peso la faceva rallentare. Ma non poteva frenare, non poteva fermarsi. C'era un burrone, avrebbe pure fatto cadere Guido, lì dietro che rideva. Linda. Sentiva l'inerzia della vita che la trascinava avanti. Un motore a monte che la strattonava. Dietro di lei, come sempre, Guido. Avrebbe voluto lasciare il seggiolino, lasciare che le punte degli sci si inforcassero e cadere. Si sarebbero aperte, le ali. Da sole l'avrebbero portata via. E Guido avrebbe continuato a non capire. *Ma no*, disse tra sé.

Freccia a destra. Erano arrivati a casa.

«Ti aiuto a scaricare i bagagli.»

Lei annuì.

Salutarono i genitori di lei. Baci, una stretta di mano. Ancora a casa. Gli occhi di Linda annacquati. Un sorriso nascondeva le parole che non aveva il coraggio di dire. Ma sua madre la vedeva. Riusciva a scovare l'apparenza dei suoi occhi. Suo padre, poi, aveva già capito da un pezzo.

Guido ripartì.

«Buonanotte», fece lui. Aspettava un abbraccio. Almeno l'invito di una mano, di un dito, una smorfia qualcosa.

«Notte.»

E Andrea? Lui non sapeva cosa fare. Era la mattina del sette gennaio, sabato. Linda era tornata a casa. *Io non ti chiamerò più, né mail né messaggi*, così aveva detto più di una settimana prima l'Andrea innamorato, al telefono, con gli occhi salati. E resisteva? Andava su internet ogni mezz'ora per vedere se fosse arrivata una mail e si allontanava dallo schermo un paio di metri. La schermata con i messaggi la vedeva sfuocata. S'era anche tolto gli occhiali.

Come quel giorno in cui Linda gli prese gli occhiali e glieli sfilò. Al bar, in uno dei primi incontri clandestini, attenti a non farsi scoprire. Seduti di fronte a un caffé.

«Sono tutti sporchi, uffa. Voglio vedere bene i tuoi occhi.» E glieli aveva puliti con il lembo della camicia e rimessi al suo posto.

Andrea guardava lo schermo del computer. Si avvicinò piano. Ancora più vicino. *Nessun nuovo messaggio*. Premette l'icona *aggiorna* per esserne sicuro. Nessun nuovo messaggio. E il rito si ripeteva.

Ma che amore è questo? Si chiedeva salendo le scale che lo portavano in camera. Che amore è quello che ti fa stare male. Lì ad aspettare senza alcuna certezza. Di insicurezze Andrea ne era sazio. Allora parlava a un'amica e le raccontava tutto. E lei *vedrai che chiama*, ma lui non ne era convinto. Nessun nuovo messaggio.

Viveva un amore adolescente. Ne era consapevole. Ma quanti anni aveva? Venticinque. E non poteva vivere un amore da venticinquenne? Perché doveva attenersi all'equilibrio, alla razionalità, ai trenta, quarant'anni, ai cinquanta. Non l'aveva scritto proprio Buzzati: "Eppure a cinquant'anni si può essere bambini, esattamente deboli smarriti e spaventati come il bambino che si è perso nel buio della selva. L'inquietudine, la sete, la paura, lo sbigottimento, la gelosia, l'impazienza, la disperazione. L'amore!"

Un amore. Gliel'aveva regalato Linda prima di partire per le Alpi, e Andrea cercava di rispecchiare la sua figura su quella dell'architetto Antonio Dorigo, innamorato di una giovanissima ballerina della Scala, Laide, che arrotonda facendo la prostituta d'alto borgo.

Sono solo pochi giorni. Sì, ma fanno un male cane.

I tasti del computer la guardavano. Non riusciva a premerli. La fissavano. Sparivano. Le lettere si spostavano. La A finiva a destra la P cadeva dalla tastiera. Scrisse *ciao* e ne uscì *gurt*. Scrisse una mail. Sette parole, poi le cancellò. Ci riprovò e cancellò. *Ciao Andrea, sono tornata e*... No non va bene. *Ciao se vuoi martedi io sono all'università e...*

No. Spense il computer.

Era l'8 gennaio, domenica. Martedi esame. Anche Andrea aveva un esame martedi. Si sarebbero visti. Forse.

Il sole fuori.

Giulia gliel'aveva detto.

«Aspetta.»

«Ma io non so...», fece Linda.

Giulia la conosceva. Conosceva quegli occhi. Di fronte alla schiuma di una birra la sera prima ripeté

«Aspetta.»

Linda davvero non sapeva cosa fare. Una parte di sé le diceva di lasciare stare. Era la parte razionale. Andrea, Guido, la libertà...non voleva più saperne! Voleva partire per un viaggio. Riuscire a pensare veramente. Trovare quegli attimi introvabili che soltanto la lontananza ti sa dare. Credere di fermarsi lì per sempre. Vedere tutto chiaro. E poi c'era l'altra parte. Quella dei sentimenti, della passione, del telefono che compone i numeri, della sua voce.

«Aspetta», disse Giulia «se lo vedi martedì allora saprai cosa ti dicono i suoi occhi. Per ora non fare niente. Lascia che sia anche lui ad aspettare. Lascia passare un po' di tempo.»

Giulia ingollò un buon sorso. Linda guardò dentro la birra. C'era Guido che nuotava. Guardò Linda e la salutò. Lei fece un cenno con la mano e il sorriso. Poi la schiuma lo inghiottì.

Linda guardava dalla finestra i fili d'erba del giardino. Non ce l'aveva fatta a dirglielo a Guido. Linda non ce l'aveva fatta. Ma come si fa? Il solo pensiero la faceva star male, quasi fisicamente. Quasi le veniva da vomitare. Lui non aveva fatto niente, era sempre così gentile e premuroso. Lui sarebbe venuto in capo al mondo per me. Lui che già pensa a un futuro insieme. Lui mi conosce. Lui con cui ho pianto, molte volte, la sua mano ad accarezzarmi i capelli, a sussurrarmi *basta piangere* all'orecchio. Lui, anche se non scrive versi, poesie, sa come rendermi felice. A modo suo. Senza parole. Solo con un gesto, un sacrificio, uno sguardo. Lui con cui ho riso. Lui e la sua voce, i suoi *ti amo*, il suo respiro quando dorme sottile, diafano, i suoi capelli neri che ho stretto quando facevamo l'amore. Lui mi ha presa per mano quando tutto stava cambiando. Due anni fa, due anni e mezzo. Ero appena tornata da Milano. Che difficile andarsene, che difficile tornare a casa. Lui mi assecondò complice, mi conosceva. Scrivevo il suo nome nel mio cuore credendo di non volerlo cancellare. Non posso adesso non posso spezzargli l'anima. Come si fa? Cos'ha fatto? Guido, perché? Le foto delle vacanze, Guido dove sei andato, dove ti sei nascosto, perché non sei più tu adesso, perché fai finta, perché non mi capisci? Guido, io vorrei tornare indietro, vorrei riuscire ad amarti ancora, stringere la tua mano e sapere che è ciò quello che voglio. Guido, perché non riesco a vederti? Non ti vedo più.

Ma la tua voce è la stessa. La tua voce è delicata. Il tuo accento. *Linda*, tu lo dici così bene, il mio nome lo dici così bene. Guido, non sparire. Guido, addio.

Ma come si fa?

Staccò gli occhi dal prato. Tornò sui libri.

Arrivò il lunedì sera. Il buio, i balconi della finestra già chiusi. Il letto lo aspettava. Andrea si infilò sotto le coperte e cominciò a leggere. Dopo poco le parole crollarono dalla pagina, sforzò gli occhi ma si arrese in fretta. Il *clic* della luce che si spegne. Il sonno. E il mattino seguente l'avrebbe rivista.

E se invece non fosse venuta?

Questo presentimento affilato lo tagliuzzava a fettine sottili, tanto sottili quanto la sua certezza che Linda il giorno dopo sarebbe andata all'università. Ma chi l'ha detto che l'avrebbe vista? Che lei sarebbe andata a far l'esame?

Eppure si immaginava la scena. Sul corridoio di fronte all'aula, Andrea con le spalle appoggiate al muro. Lei che camminava con il suo passo da velocista, le sue gambe lunghe, forti, la sua gonna nera, le calze, i capelli lisci, la mano destra a tenere una borsetta corta che penzolava dalla spalla. Andrea la guardava con un cannocchiale di carta, lo stesso cannocchiale che la spiò mentre era sulla neve. Lo stesso miracolo di un giorno, seduti in macchina. Lei gli aveva dato una lettera. Lui la arrotolò. Ci infilò l'occhio. E così la vide. Vide fuori dal tubo l'occhio di Linda illuminato, incorniciato. Lei si avvicinò al cannocchiale. Fu bellissimo.

«Ancora, Linda.»

E lei si riavvicinò.

«Ancora. Ancora!»

Vedere l'autunno dei suoi occhi giungere. Nient'altro. Soltanto la sua anima. Tutto dentro un cerchio.

Lo sapeva. Voleva solo quello. Un abbraccio atteso per giorni.

A domani, Linda.

E il domani arrivò. Martedì mattina, 10 gennaio. Quanti giorni? Troppi. L'esame lasciato mezzo in bianco. Piccoli passi. Il corridoio deserto. Quasi le dieci. Ma dov'è Linda? Posò lo zaino, ricontrollò l'aula, era quella giusta, ma dov'è?

Il presentimento che non sarebbe venuta, che se ne fosse dimenticata, che proprio non ci pensava. E lui? E lui lì ad aspettare per gli ultimi minuscoli attimi. Aggiustò l'orologio sul polso. Ticchettava la sua assenza. Distese lo sguardo sul pavimento e sbuffò.

Lei stava correndo, anzi *camminandocorrendo* come fa lei.

Gente dappertutto, ma cosa ci fa così tanta gente qui adesso? Entrò nell'aula e Andrea non c'era. Diede un'occhiata veloce, poi un'altra. Forse ha scritto una mail? Corse verso l'aula di informatica. Non c'era. Sicura? Sì. Dov'è? Se n'è andato?

Un baschetto bianco di velluto le copriva i ciuffi neri di capelli che spuntavano sulla fronte come unghie di luna. Gli occhi li stringeva incerti scrutando oltre il vetro.

No, non è lui.

Poi avvenne. Il grande volo. L'àncora che si frantuma. Le ali in movimento. Di nuovo, più forte. Si videro. Dentro un cannocchiale lei si avvicinò. Un tuffo nel vuoto nello spazio che scompare a poco a poco. Ad ogni passo. I suoi occhi oh i suoi occhi ora vicini le ali i denti stretti perché il cuore fa male pompa troppo in fretta la vita il sangue che sale alla testa il sorriso non se lo sapeva levare frammenti di attimi che scheggiavano l'attesa di giorni quanti giorni troppi adesso dimenticati svaniti come nube dagli occhi adesso solo sole solo sale loro due ancora due corpi carne vicina giubbotti che si strofinano mani che accarezzano pelle che si incontra labbra che baciano. Linda era lì. Abbracciata ad Andrea. Non seppero per quanto tempo. Intanto gli altri passavano. Zaini che si muovevano nei mattini d'inverno di una Verona stanca dell'acqua sotto ogni vecchio ponte sopra ogni nuovo camino delle case su e giù sbuffare calore. Lindandreandrealinda senza spazio quell'abbraccio quella vita non più appesa quella tela ora composta quel profumo la sua pelle i suoi occhi chiusi all'improvviso schiusi nella caduta di una cometa nella notte che è passata nel buio che si è dissolto nella brina che scricchiola nell'inchiostro di una lettera mai spedita nelle lacrime di un muro di tempo che crolla nel suo odore dentro alle narici si infila e li permea l'uno dell'altro l'uno nell'altro quell'abbraccio senza parole solo un ciao forse immaginato forse mai esistito ma certo nudo acceso vero atteso nella neve come la neve lei scese giù piano da un punto bianco del cielo e si posò nella sua mano cristallo perfetto come la neve lo circondò senza smettere di meravigliarlo stupirlo ricordargli il miracolo di un soffio la vita l'aveva detto Linda *la vita è un soffio* e come un soffio sottile svanì tra i suoi capelli il dolore quel dolore all'altezza dello sterno quella paura quella sete il sale dagli occhi e rimase nel corridoio tra i sorrisi i passi spenti le attese le solitudini i caffè gli sguardi rimase soltanto lei. Linda.

DUNE E FANGO

E poi ci fu il botto. La sera del giorno dopo. Linda e Guido si lasciarono. Le lacrime stagnavano sulla punta del labbro, Guido la fissava e sapeva di averla persa per sempre. Sentiva di voler urlare, voler prenderla per le spalle e scuoterla Linda Linda svegliati! E invece se ne stava lì, con le mani nelle tasche del giubbotto nero che s'era comprato perché piaceva a lei. L'avrebbe strappato quel giubbotto buttato a terra, l'avrebbe calpestato saltandoci sopra. La fissava. Gli occhi gonfi. Il vento gelido dei primi di gennaio. La luce di un lampione giallo. Quel viso che credeva di riconoscere. La linea della sua bocca, dune le sue labbra. Quante volte l'aveva baciata? E adesso basta. Non più. Vuoto. Spazio. Niente. Aveva pianto. Chi, Guido? Già da quella sera, già da quel *qualcosa è cambiato* un mese fa.

Linda teneva la testa china. Avvolta dentro alla sciarpa soffocava i singhiozzi che non si asciugavano sulla lana e arrivavano alle orecchie di Guido. Lui distese gli occhi. La accarezzò. Prima la spalla destra, poi su fino ai capelli neri, lisci. L'aveva già perdonata. Pochi minuti prima gliel'aveva chiesto. Guido, dopo aver raccolto tutto il coraggio che trovò, dopo averlo accumulato in giorni di rabbia, in notti di risvegli bruschi col fiatone per averla sognata, gliel'aveva chiesto

«C'è un altro?»

Quattro parole. Lo spazio di un insetto, il tempo di un battito di ciglia. Il suo, adesso. *C'è un altro?* E la saliva non scendeva come colla si attaccava alla gola. *C'è un altro?* Il peso di una montagna una frana e tu dentro alzi le braccia gridi aiuto. *C'è un altro?* Un mese di lotta.

Linda non rispose subito. Lo guardò. Era uno sguardo per nulla collaudato. A quegli occhi Guido sentì il respiro mancargli per un attimo.

«No», disse infine.

Quella voce. Gli era entrata dentro con una violenza tale da farlo indietreggiare. Portare le mani al petto per difendersi. Quel no sfuocato, dubbio. Guido aveva capito. Sentì il dolore. Il sapore del tradimento, la concretezza di un'idea. Poi il piacere di una fine. L'uscita da una malattia. Invece il ritorno alla paura, alla rabbia alla lotta. Infine il placarsi delle lacrime. La dignità. Alzò gli occhi e la guardò. Linda era nuda. Guido poteva vedere nella trasparenza dei suoi silenzi.

Continuò ad accarezzarla. Linda stava male, malissimo. Si sentiva in colpa, una stronza ecco. *Guido non ha fatto niente. Non se lo merita*, continuava a ripetere nella sua testa. Guido. La sua mano scivolava dietro sulla nuca, le sue dita cariche d'amore, amore vero. Senza gelosie o rancori. Le sue labbra arricciate si avvicinarono

«Non importa, Linda, io ti amo».

Come poteva? Come, Guido? Linda lo guardò. La

amava davvero. I suoi occhi glielo dicevano senza ombre. Non importa, aveva detto, io ti amo.

Andrea sorrideva. Percorreva senza direzione le vie lastricate del centro. Lasciava un'occhiata qui, una lì, si fermava ad ascoltare un violino e lanciava una moneta. Di ottimo umore, fresco, pieno di vita. Insomma: innamorato. Si abbandonava ai ricordi del giorno prima. Linda, sospirò. Dopo aver atteso quel-l'abbraccio per giorni, finalmente poté alzare la testa alle guglie di piazza delle Erbe e respirare l'a-ria fredda di un undici gennaio senza nuvole. Linda. La ricordava salire in macchina. Andiamo. Andrea le diede un foglio un racconto o una poesia non so. Lei la lesse. Arrivò all'ultima parola. Si girò e stette lì. Andrea la vide. Linda teneva il foglio in mano.

«Andre», disse, «tu sei dentro di me».

E allora come negargli la felicità? Adesso, a passi distesi lungo viale Mazzini. Sembrava addirittura stesse canticchiando, in certi vicoli, magari girando-si per accertarsi che nessuno lo sentisse.

Un gatto bianco con una macchia color caffè sulla pancia piegò la testa. Il giorno prima. Quando Andrea stava con la testa piegata mentre guidava. Linda gli stava leggendo la lettera che aveva scritto per lui. La leggeva quasi sottovoce.

«Mi piace pensare che ti perdi qualche parola», aveva detto poi. Ma Andrea di parole perse proprio non ne voleva sapere. S'era proteso tutto verso destra, con l'orecchio vicino alle sue labbra. E per un momento non fu più lì. Si sentiva arso dal desiderio di acqua, acqua e Linda gliela versava con una brocca dritta in gola. Acqua, acqua quanto può essere forte il bisogno d'amore.

Il gatto se ne andò. Andrea scartava un cioccolatino guardando indefinito un punto nel cielo azzurro. La sera prima. Lei stava per tornare a casa. Lui c'aveva pensato tutto il giorno, anzi tutti i giorni, e sentiva di doverglielo dire. La guardò un po' imbarazzato.

«Linda», disse.

Lei aveva spalancato il cuore. Andrea lo notò perché gli occhi le si inumidirono un poco, il sorriso accennato, mezzo passo indietro, le mani ad aggiustarsi il colletto del giubbino solo per restare unite e aggrovigliarsi aspettando le parole.

«Linda, io mi sto innamorando di te».

Lei lo abbracciò. Con un piccolo salto gli fu subito addosso. Sapeva di non potergli rispondere e allora lo strinse e ogni abbraccio valeva le parole anch'io. Lui glielo ripeté perché un po' gli faceva male il suo silenzio, glielo ripeté tra i capelli neri, sussurrato dritto all'orecchio sinistro.

«Mi sto innamorando di te».

Andrea lasciava che la cioccolata si sciogliesse sul palato e poi la ingoiava senza pensarci su. Le guglie della piazza lo guardavano passare. Lui manco se ne accorse.

Il deserto che lascia un addio, l'eco del suo smarrirsi, la punta spigolosa di un dito che non ti sa più toccare. La solitudine. Linda ne era sprofondata. Lo sentiva fino alle ossa. Si sgretolavano a formare cumuli bianchi di silenzi, paure, ripensamenti. Un mazzo di fiori. Per Linda. Aprì la busta.

Ti penso e ti amo
Guido

Linda si portò una mano alla bocca. Semplice, diretto. Com'era fatto lui. Come piaceva a Linda. Come i primi giorni, il primo bacio, le lenzuola, la sua pelle. Prese il telefono e compose i numeri.

«Grazie dei fiori»

«Linda, non mi aspetto che tu ci ripensi». Guido aveva la voce ferma. «Non te li ho spediti per riprenderti o per farti cambiare idea. Te li ho spediti perché ti amo».

E riattaccò. No, non poteva lasciarlo andare così. Lo vedeva di spalle. Lei lo chiamava da lontano ma lui mica si girava. Un groppo. Alla gola proprio lì. Un turbine, una trottola e lei a cavalcarla. Sapeva di non amarlo. Sapeva solo questo. Ma non riusciva a lasciarlo andare. Non si accorgeva quant'è difficile dimenticare. Chiudeva la porta per lasciarlo fuori, ma Guido era già seduto sulla sedia di camera sua. *Come hai fatto?* Lui alzava le spalle, *io non ho fatto niente*. E le macchie di vino e il sugo sulla tovaglia, e la pasta che avevano mescolato insieme. Tutto tornò. Il mare in burrasca e la luna, un'unghia appesa alla notte. Stretti cullati dalle onde arrabbiate. Il ricordo più dolce. Le sue labbra la baciano. *Mi mancano, fa male, Guido*. Linda prese una penna e scrisse nervosa su un pezzo di carta gialla

Quando finisce il dolore e inizia l'amore? In ogni istante.

E poi fango, fango sulle sue dita sporcano il foglio, la vita, le pareti sono fango negli occhi delle persone. Fango nel piatto, nel letto, solo fango, fango e sabbia, deserto e polvere negli occhi Linda sta male la porta chiusa, l'anima chiusa sotto chiave. L'amore? L'amore non esiste. Guido, Guido, la penna ti scrivo. Ora. *Caro Guido,*

Erano parole di velluto quelle che gli scriveva. Cercava le più morbide al tatto. Linda con la sua penna stilografica creava curve dagli spigoli della vita. Una lettera dopo l'altra comparivano sul foglio. La mano trottolava fino al margine del bianco. Da una costa all'altra di un fiume di pece e sale. Si, perché da dolce l'inchiostro si fece mare. E naufragava volentieri Linda. Si lasciava trasportare via dalle onde in tempesta, dalla luna dispettosa e nascosta. Il timone non lo badò più. Si sentiva così, al largo dei sogni. Scriveva a Guido una lettera che non avrebbe spedito mai. Solo che il viso non era quello di Guido. Era indefinito. Come cancellato male. Inforcò gli occhiali ma non c'era nulla da fare. Nessuno. Non era nessuno. Le sfiorava la pelle e la baciava piano. Non era Guido. Non era Andrea. *Ma chi sei?* La teneva ferma senza potersi muovere, i polsi cominciavano a dolere. Le labbra tappate, non respirava, uno schiaffo sulla guancia. Un altro. Le sue mani sul collo. Stringeva, stringeva. Linda cominciò a piangere, a soffocare. *Cosa sei?* Ancora molle il suolo, la melma la ricopriva fino alle narici, gli occhi. Una mano la spingeva, non vedeva, continuava a scrivere e a vivere tutta la sua vita in un piccolo frammento di carta dove aveva scritto i resti di un amore portato via da un grido. L'ultimo. Lo sapeva. Era il foglio, la penna. Ti prende. Ha una mano che ti stritola, non ti lascia andare, ne hai bisogno. E scrivi. Non puoi fermarti perché sai che tu sei lì. Incastrato nell'angolo di una V. In bilico sulla punta di una I. Riparato dal tetto di una T. Acciambellato sotto il ponte di una A. Era il mostro, l'angelo, lo specchio. La scrittura.

Linda se lo chiedeva. Anche se già sapeva. *Il faut penser à soi même*. Dimenticare i contorni del tempo. Infilarsi nel buio. Camminare a tentoni aiutato da una torcia che fa *tic* quando la accendi. Lei aveva deciso. Aveva risposto alla domanda. Cosa si deve cercare col lume di notte, questo si chiedeva, l'amore o se stessi? E lei sapeva, Linda, di doversi trovare. Incontrare di nuovo. Far l'amore con la vita. Chiudere gli occhi e respirare. Adesso. Abbassò le spalle. Lasciò andare le dita. Così, piano. È tutto qui. Tutto in ordine. Tutto finito. Linda si addormentò sognando di svegliarsi e non sentire più niente.

Ma il risveglio fu altra cosa. Linda sentiva la pesantezza del mattino. Il piombo della vita già gravare sul piede scalzo. I biscotti inzuppati si sfaldavano tutti e col cucchiaino cercava di recuperarne i pezzi più grossi. Almeno quelli, pensava. La madre la spiava da dietro il caffè. Linda lo notò ma non disse niente. René, il gatto, si avvicinò alla sua gamba. Lei lo accarezzò piano.

«Esco».

«Dove vai?»

«Fuori».

In bicicletta l'aria era gelida. Si intrufolava su per i jeans e la faceva tremare. Perché non ho preso la macchina? Ma i dossi sulla strada, i semafori lampeggianti, il sali e scendi del colle dietro casa la fecero stare bene. Meglio. Si arrischiò pure un sorriso incontrando un ciclista col volto pigiato nella sciarpa grigia. Il telefono squillò. Un messaggio. Guido. *Fermati un attimo*. Così diceva, fermati un attimo cosa vuol dire? Linda rimise il cellulare in tasca. La strada serpeggiava lenta. L'asfalto finì col ghiaino che faceva traballare la bicicletta. Una figura lì in fondo. Linda ci passò accanto guardando il cielo. Era di un bianco pallido, forse nevicherà.

«Linda!» sentì. «Linda fermati!» Era Guido. Il freno fischiò.

Linda scese dai pedali e appoggiò la bici ad un albero.

«Vieni a bere un caffè? Puoi lasciare qui la bici, poi ti riaccompagno».

I suoi occhi erano sinceri. Sorridevano. Linda fece di si con la testa. Oh, quanta confusione!

Il mattino passò soltanto. Diede un'occhiata e se ne andò subito. Il libro del tempo s'era aperto e i fogli volavano spazzati via dal vento, da una risata, dai suoi occhi. Guido la riportò alla bici e Linda si ritrovava già in camera a rileggere la lettera che aveva scritto per lui, e poi subito stracciata. La raccolse dal cestino mentre René il gatto cercava di arrampicarsi sul termosifone e dormire ancora.

Prese la penna e scrisse qualche riga. O forse no.

L'andirivieni del sole. Il grigiore a volte a picco sulla città. Trasformava le ombre in fantasmi color del niente. I giorni e le strade scivolavano via sotto la pioggia. Indefinita. Continua. Linda come Andrea guardava dalla finestra il tempo fuggire. Si stavano cercando, ma mai sembrava arrivare il momento giusto.

E poi c'era Guido, che certo non l'aveva dimenticata. E riusciva a non chiamarla, a farsi aspettare. O capitava sotto la sua finestra e tirava dei sassolini. Lei si affacciava

«Ciao» e per il freddo quel ciao era un soffio bianco.

Correva ad aprire la porta di casa con un accenno di eccitazione subito stroncato dal ricordo, dalla vita. Guido c'è ancora. Questo aveva scritto ad Andrea in una mail. Guido c'è ancora non posso mentirti, non l'ho mai fatto. So che è meglio per me rimanere sola, adesso. Sola per cercare di ritrovarmi. Andrea lesse. Rilesse. E poi subito la chiamò.

«Pronto Linda, sono Andrea»

Linda stava riparata da un albero spoglio. Come da piccoli, che ci si nasconde dietro ad un albero credendo di non essere visti e aspettando il momento buono per correre fortissimo e gridare casa! Ma Linda non aveva voglia di giocare. Nemmeno di spostarsi dal tronco ne aveva granché voglia. Andrea la vedeva. Lei sbirciava di tanto in tanto.

«Ciao Andre».

La telefonata fu così. Al margine di ciò che volevano dire. Seguiva il perimetro. Una fila compatta. Parole in riga. Sull'attenti. *Clic*. Tasto rosso. Eccolo. Ancora allo sterno il dolore. Che lontananza, che deserto, pensarono. Tutti e due. Passò un'ora soltanto. L'occhio a sbirciare il telefono.

«Pronto?»

Fu soltanto una frase. Detta così, come forbice che taglia e poi ago che cuce. Una sola frase tra i singhiozzi, le pause, le risate iniziate e subito interrotte. Un tappeto srotolato senza fine. Continuava ad allungarsi. A saltelli sui ciottoli.

«Credo di amarti ma non credo nell'amore».

Ciottoli grandi, imponenti, li vedete? Come si può dire una cosa tanto obliqua? Imperfetta solo per la vita, certo. Ma perfetta nella sua evanescenza. Un inizio che è già una scoperta. Il dondolio di un'altalena di marmo. Intanto. Adesso. Saranno passati sette giorni, o chissà quanti più. Linda ricevette delle lettere, ma non rispose. Le risposte giacevano nel cassetto della scrivania. René dormiva. Guido aveva finito per riconoscere quegli occhi trasparenti. Faceva finta di niente, ma quando si addormentava, la testa sul cuscino molle, stava male. Incubi lo catturavano. Poi al mattino la solita maschera di carta che Linda cancellava con un tocco, con un solo saluto sbadato.

E la vita continuava più o meno regolare nella sua fuga.

Andrea per non restare troppo in sospeso s'era iscritto in palestra, cosa per lui nuovissima. Sudava e si sentiva bene. Usciva la sera e ogni tanto tastava la tasca per sentire uno squillo o un indizio di vibrazione dal telefonino.

Linda leggeva sdraiata sul letto parole d'inverno. I suoi occhi erano occhi d'oriente. Guardavano le stelle dalla finestra e si perdevano nel fiume cauto della letteratura. A volte lasciava le vesti inzupparsi tutte e sprofondare nel sonno. Perché non riusciva ad amare? Perché preferiva la vigilia dei sentimenti al natale dell'amore? Andrea se lo chiedeva come lei. Ma lei sapeva. Sapeva benissimo. Due anni o forse tre con Guido le avevano fatto credere di averlo infine trovato. Finalmente, aveva detto il suo cuore bendato, finalmente lo vedo. E invece non era vero amore. Una vita le diceva ogni volta: *eccolo, sei tu*. E invece? Certo parliamo d'amore come confetti da scartare. Ma no. È altra cosa. È un risveglio qualsiasi e sapere di volere lui al suo fianco. È un panino spalmato di burro e velato di zucchero. Il primo morso come l'ultimo bacio. È il tempo. Non fugge più. La vita è ogni momento. Ma loro cosa ne sapevano del tempo? Pochi mesi.

«Senza tempo», disse lui un giorno. «Vorrei stare con te senza tempo». L'attesa. Ne riparleremo fra un anno. Sarà ancora così? Rivedrai i suoi occhi dietro due tazzine di caffè. Caffè lisci. Saranno ancora occhi d'oriente?

Quante domande li dividevano. Linda già s'era assopita. Il suo respiro Andrea lo sentiva. Lui voleva solo una cosa in quel momento. Voleva solo sdraiarsi sulle ciglia arricciate dei suoi occhi e addormentarsi con lei. Era pronto ad amare, ma non si accorgeva del fango, delle dune di sabbia che Linda doveva ancora scalare.

I pomeriggi si accartocciavano in fitte nebbie padane. La sera arrivava con precisione. Si mangiava quel piccolo bottone di sole senza dire niente. Se ti concentravi troppo su una riga di libro, sul suono del tabacco che brucia, o semplicemente su uno sbadiglio, dalla finestra si vedeva solo lei, la nebbia. Dappertutto. Senza scrupoli. Avvolgeva gli alberi e le persone. Nascondeva le macchine, riempiva gli spazi di silenzio. E nelle strade si vagava. Felice di ritrovare un'insegna conosciuta, un bar con delle luci all'interno, la porta di casa.

Passavano le persone, i libri e i bicchieri di vino. Alla sera si usciva quasi malvolentieri. Tirata la tenda a quadretti, la strada si era riempita di una manto innaturale. Il bianco era imprevedibile. Infilarcisi dentro significava sparire. Invisibili nella notte. Poi come d'incanto spuntava un giubbotto. Le mani in tasca, la testa non guardava.

Andrea uscì. I bar si erano affollati. Il rumore del mondo s'era tutto concentrato in quelle piccole stanze. Fuori, il silenzio. Qui la musica, le parole vicino all'orecchio, le risate buttate lì. Il calore, le labbra appoggiate alla bottiglia su su è quasi finita. Poi i saluti, sempre troppo tardi. Il sapere che non durerà a lungo, che fra pochi mesi sarà tutto finito. Il mattino avrà la sua sveglia puntuale, le ore rotoleranno come biglie di vetro nella sabbia del tempo. Ora di pranzo, poi d'un tratto è già ora di cena. I piatti da lavare non ne voglia li lavo domani. Gli occhi pesanti. Controlli l'orologio sono solo le undici. I passi pesanti verso il dentifricio. Qualche riga di libro. Spenta la luce. Quanto è passato? Un mese un anno? Cinque anni? No non è vero. E la vita? Certo, la vita un po' mi manca.

Andrea si misurava con chi era nel deserto. Nel lavoro a singhiozzo di una scrivania. Nei trent'anni quaranta con la possibilità certo di potersene andare finché sei in tempo ma con le radici sotto al tavolo. Anche le rotelline della sedia non avevano senso. Stavano lì. Nella sabbia. Granelli dappertutto. Si incastravano tra le dita dei piedi e sotto le unghie. Non ce la facevi. Le rotelline si incagliavano. Barca incastrata persa la rotta. E allora via con le partite di calcetto, le letture fuori luogo, la tv negli occhi, il bisogno di tecnologia. Cellulari, come no. Ma anche un nuovo hi-fi, riviste per i muscoli che s'afflosciano, discoteche dai nomi esotici, drink dai nomi esotici. Ragazze avare di femminilità. Cinismo disillusione. Una maschera sul comodino. Da indossare. Prima almeno la toglievo per dormire. Adesso non più. Me ne dimentico. Torno a casa troppo ubriaco, vado a dormire troppo stanco. E la maschera è lì. Appiccicata, solcata da lacrime di cera. Una candela si sta spegnendo. Lo stoppino dei ricordi. Quando eravamo, come eravamo.

Trent'anni quaranta ma anche cinquanta va bene. E la serenità? Ancora la cerchi. Il venerdi sera vado a buttare la spazzatura. Poi le strade avvolte nella notte presentano ferite sanguinanti. Una prostituta ha freddo. Mi fermo. Mi accorgo che la vita, la stessa vita di un tempo, ora è melma. È marcia. Sono consumato, la siringa del tempo ha aspirato la volontà. Non c'è magia nelle cose. Non c'è amore. Credevo che la vita fosse eterna. Invece l'ho sentito anch'io il cancello chiudersi. Un botto. Il rumore di ferro rosicchiò nelle orecchie. Mi girai ma era troppo tardi. Addio passeggiate in centro, addio brezza marina sulla pelle. Il sale ora è sulle labbra. Inghiottirlo è un po' morire. Veleno. Finalmente veleno. Si mischierà al sangue, o ancora mi salverò? Dopotutto. Il paziente si fida. Guarda il medico, ma non è ricambiato. Mi vuoi così? Ancora a casa seduti ad aspettare...

Andrea faceva di questi pensieri mentre ascoltava distratto il dialogo di una coppia seduta al tavolo. Avranno avuto si e no la sua età. E allora perché le labbra erano già scivolate in giù? Non si guardavano. Parlavano poco quasi battendo con l'unghia sull'orologio. Ma si è fermato? Lei non lo disse per pochissimo. Ma non sarebbe cambiato nulla. È meglio portarlo ad aggiustare, amore, avrebbe detto lui. Ingollò un sorso di deserto. Pagarono e se ne andarono. Dov'è l'amore?

Stava tutto qui, in questa domanda senza risposta. In questa vita che non avrebbe mai fatto scivolare. Adesso. Pensava agli occhi di Linda. E sorrideva. Uno sbuffo dalle labbra. Un frammento di sole le illuminava il viso d'ambra. I capelli neri lisci scendevano sulla fronte con una carezza. Schivavano gli occhi allungati come mandorle d'autunno e si ritrovavano già sulla parete nuda delle spalle. Era solo un attimo, uno spicchio di tempo che valeva l'attesa di mesi anni. In ogni momento, gli aveva detto Linda, in ogni momento è come se ti conoscessi da sempre. E come se ti vedessi per la prima volta.

Che nome ha? Che nome ha questo sentimento, questo desiderio? La voglia inconfessabile di starle sempre accanto, di dipingerle attorno la tela della vita. Poi pian piano metterci la cornice. Ad intarsi. E in ogni rivolo di legno infilarci un bacio, un risveglio, un abbraccio. Le parole. Le parole a volte non lo sanno dire. Non servono a niente. Andrea ce l'aveva dentro. Linda era in ogni respiro. Nell'universo mescolato di uno sguardo. Nelle mani quando la toccavano, imbrigliata tra le dita. *Mi confondi*, diceva Linda. Linda nei pensieri, Linda nella pelle.

Appoggiò il bicchiere e salutò. Uscì dal bar respirando l'aria fredda. A casa, avvolto dalle coperte Andrea si abbandonò ad un sonno semplice.

Un colpo nella notte. Entrò dalla finestra l'accartocciarsi metallico di due macchine sulla strada. Gli occhi fissi nel buio. Il cuore. Ora il cuore batterà. Silenzio. Il tonfo dei battiti come timpani d'orchestra. Nella piccola stanza si sentiva solo quello. Qualche balcone al piano di sopra sbatté sulla parete ruvida del condominio. Silenzio. Il cuore sbuffò. Piano tornava regolare. E nell'ora fragile della notte, nel deserto dei sensi, nel rimbombo di ogni piccolissimo insignificante suono chiuso nella scatola dei pensieri, Andrea capì. Andrea per un attimo annusò il gusto dolce dell'amore. Il più dolce. La pelle sottile dei giorni a venire, la fuga del tempo senza tempo, gli occhi nello specchio che sanno di lei. L'amore. Squarci di luce dalle fessure della finestra. Non importa se è solo un lampione. Gli illumina un occhio. Un pezzo di labbro. La mano. Ora lo può afferrare. L'avrebbe dimenticato quel torpore che inciampava i suoi passi, quella figura di salice quando si guardava riflesso nelle vetrine dei negozi (le foglie le dita puntano il suolo). Almeno per un attimo. Prima che svanisca di nuovo. Prima che le palpebre pesanti rimescolino le parole e piano si addormentino. Prima dell'esaurirsi del sogno, Andrea capì di essere vivo.

A volte capita. La vita si infila in ogni piccola piega del tempo. Nel suono preciso delle lancette sottili. Andrea era lì. C'era dentro tutto intero. E Linda? Anche Linda, certo. A volte. Nel vedersi, lei dimenticava la sabbia. Ma poi, seduta con i gomiti sulla scrivania, ancora René a fissarla annoiato, Linda diceva basta. Dall'astuccio bianco usciva Guido, dalle scale saliva la voce della madre che le diceva di fare attenzione. Col suo corpo nudo, Linda respirava il bisogno di stare sola. La solitudine della vita. Quel pizzico d'egoismo che ci salva alla fine di ogni cosa. Perché non ci credeva, la Linda non credeva più nell'amore. Perché oggi dovrebbe essere diverso? Innamorata si, ma quanto durerà? E un mattino, col sole che cerca di intrufolarsi tra le persiane, le capiterà di non amare più. E sarà un'altra sconfitta della vita, un'altra dimostrazione della sua trasparenza. Dell'illusione di ogni cosa. No. Così era perfetto, e così doveva rimanere. Un sogno. E basta.

E allora scriveva. Scrisse una lettera ad Andrea convinta della sua mano tremula. S'erano appena visti. Lei tornò a casa con le stelle e una luna a spicchio. Un giorno intero di lui ad accarezzarsi con le parole, i sorrisi e un semplice sentimento d'affetto. Basta. Piegò la lettera con cura e la mise in una busta. Il mattino dopo gliela avrebbe data. Consegnata nelle mani e poi subito scappata via. Un bacio. Gli avrebbe dato l'ultimo bacio e se ne sarebbe andata. Si. Il foglio bianco riposava nella borsa. Provando a sbirciarci dentro, adesso che Linda sta dormendo, ci leggo le prima parole. Comincia così:

È UN ADDIO

Le nuvole si erano rotte a metà con un suono di legno. Le righe di lampo sfilavano giù nel carosello della tempesta. Una casa stava per essere sradicata dal suolo per volare via. Tutto questo e la grandine stava nel cuore di Linda.

«C'è una lettera nel tuo zaino», urlò da dietro il finestrino della macchina. E poi via. Via per sempre.

Andrea salutò portandosi una mano sulle labbra. Camminava beato, quasi saltellando verso il primo bar. Si sarebbe seduto, ordinato un caffè e aperto piano la lettera.

Linda guidava nel traffico. Aveva smesso di accelerare. La radio restava spenta. Cercò tra i cd, ma poi. Le macchine non si azzardavano a muoversi. Il solito passo d'uomo, il solito singhiozzo. Dentro sentiva il vento gelido della fine. Semaforo rosso. Tutto era fermo. L'incrocio s'era bloccato. Per un momento nessuno fece nulla. Sembrava un sogno, un incubo anzi. Nulla aveva senso. S'erano rotte le regole, il normale fluire dei giorni, delle persone. L'aveva salutato. L'ultimo bacio. Non le andava di staccare le labbra. Aveva il gusto del pane spalmato di burro e zucchero. Proprio quel dolce risveglio. Una tazzina di tè, il tè che non avevano mai bevuto. E adesso basta. Aveva deciso. Finalmente l'aveva fatto quel passo incerto. Semaforo verde. Linda alzò gli occhi. Per un momento, prima di infilare la marcia, si vide. Lo specchietto rifletté gli occhi lucidi, le lacrime che stavano per inciampare e cadere giù verso le guance. Prima del prossimo incrocio avrebbero già raggiunto le labbra.

Mescolava il caffè anche se non ci metteva lo zucchero. Dentro al bar una coppia. Stava nascosta dietro ad una sorta di baldacchino e le mani si cercavano senza trovarsi. Lei lo stava lasciando. Lui tentava un affondo col piede, ma lei lo guardò negli occhi. Scosse la testa piano, si morse un labbro. Va bene, fece lui abbassando lo sguardo. Stettero in silenzio ancora un po'. Poi si alzarono, lui le infilò il cappotto. *Grazie*. E scivolarono via verso un'altra attesa.

Andrea aprì la busta. In quel momento entrò nel bar un signore sui settanta. I capelli bianchi arruffati, salutò con un cenno del capo. La porta incontrava un campanellino irritante ogni volta che si apriva. Il suono entrava nelle orecchie e si diffondeva nel locale. (Come pure il gorgoglio di una una tv in lontananza). Andrea estrasse la lettera. La carta gialla al tatto era ruvida. La srotolò piano. 7 febbraio in alto a destra. Ancora il tintinnio della porta. Le prime parole. *È un addio*.

È un addio. La lettera cominciava con queste tre parole. La carta gialla ruvida, l'inchiostro di una penna stilografica. *È un addio*. Andrea lo lesse almeno sei volte. Le pupille si fecero spilli e si infilarono sotto pelle. Solleticava e sembrava irreale. Ingollò d'un fiato il caffè che bruciava un po'. Indossò la giacca e corse via. Lasciò l'euro tintinnare sul bancone. Il suono si mischiò al campanellino e il barista scosse il capo. Andrea teneva in mano la lettera mentre cercava con gli occhi la macchina di Linda. C'è una lettera nello zaino. Lo aveva urlato e poi richiuso il finestrino. Con la mano salutava. Dov'è ora?

Correva Andrea verso la sua macchina. Il giubbotto si perdeva dappertutto. Il fiatone. *La devo raggiungere Linda dove sei aspettami!* Le gambe formicolavano ancora. *Linda perché?* Il mondo sembrava perdere uno dopo l'altro i suoi pezzi di colore. Una casa là in fondo si sgretolava, un albero spariva, la gente girava senza testa si scontrava *mi scusi*. Attraversò il ponte lanciando un'occhiata all'acqua. Il fiume stava trascinando via tutto di lei. Ogni abbraccio rubato alla notte, ogni centimetro del suo corpo. Tutto. È un addio, Andrea lo teneva nella testa, sulle labbra se lo ripeteva e gli occhi annaspavano verso la realtà. Eccola. La realtà. Proprio lei. Finalmente il sassolino ha toccato il fondo del fiume. Il piccolo sasso lanciato dalla riva. Il più lontano possibile. Il volo è il sogno, l'illusione gli ideali. Poi però il sasso incontra l'acqua e comincia ad affondare. Sempre di più, più giù ogni giorno momento. Finché *toc*. Si adagia piano sugli altri sassolini formando il letto del tempo. Scorre senza fermarsi mai il fiume. Ma mica è brutto starsene adagiati sul fondo. È così. Se voli troppo perdi pure il gusto dello stupore. Dei colori meravigliosi che il sole produce sugli altri sassi. E sul tuo di sasso. Riflette il blu che quasi lo fraintendi con un sorriso inatteso. Al mattino. Appena apri gli occhi.

La macchina era già in moto. La lettera aspettava lì sul lato passeggero. *Quanto traffico Linda dove sei*? Dieci minuti forse quindici o una vita li separavano. Il biglietto dell'autostrada. Andrea continuò a leggere la lettera. La estraeva dalla busta con distacco. Cercava di non dare nell'occhio alla sua anima che stava malissimo. Le frasi una dopo l'altra. Separate da virgole affilate come rasoi. Lesse e rilesse. Non c'era una sbavatura, un errore nella semplicità di quell'addio. Non c'era niente di sbagliato nel vederla sparire per sempre. Ma una frase. Una sola. *Non voglio svegliarmi un giorno e non sentire più nulla*. Questo aveva scritto Linda verso la metà del foglio. Una frase che accelerava la corsa in autostrada a superare le macchine che non sapevano di loro due. Una frase che valeva una domanda.

Linda aveva paura. Paura di amare. *Sono in bilico sul burrone e mi sto tenendo su col mignolo*. Gliel'aveva detto una sera, non ricordo bene quando. Di cadere nel burrone, di tuffarsi nell'acqua con Andrea, Linda non ci pensava neanche. Vedeva i due sassolini volare, uno di fianco all'altro. Certo in una traiettoria pendente, una parabola che si stava avvicinando pericolosamente al fiume. E invece no. Non voleva smettere di illudersi. Deve rimanere così. Un sogno. E a capo, il suo nome.

Andrea voleva sapere. Sarebbe andato lì, nella sua città e glielo avrebbe chiesto. Solo una domanda e poi se ne sarebbe andato. Una sola. *È già successo che ti sei svegliata un mattino e non hai sentito più nulla?*

Non aveva fatto a tempo a chiederglielo, a finire di farla la domanda che Linda già scuoteva il capo e diceva no. La sua macchina era intrisa di lacrime, sui sedili i finestrini sul cruscotto si poteva respirare lacrime. Andrea era arrivato lì dove si davano sempre appuntamento e aveva spedito un messaggio. Sono qui. Aspettò mezz'ora, un'ora forse. Poi una chiamata.

«Andre non vengo».

«Come no? Linda devo farti una domanda. Solo una. E poi me ne vado».

«Tanto sai già la risposta. A qualsiasi domanda sai già la risposta».

Andrea non l'aveva mai sentita così. Nervosa, sullo spigolo del pianto ma solida nella voce.

«Andre non vengo».

«Linda vieni qui un momento. Solo un attimo.

Devo chiederti una cosa». Davvero.

Ci fu silenzio. Un silenzio grigio come il piombo.

«Arrivo».

I minuti che separarono la fine della telefonata dai suoi occhi furono tremendi. Andrea prese un foglio e scrisse. *Addio*. Lo scrisse molte volte. Tante quante la sua voglia di non crederci. Poi lei arrivò. Andrea cercò di tirar fuori un sorriso, almeno un accenno, ma sparì subito quando la vide.

I tuoi occhi sono veri. Questo disse. Sceso dalla macchina vide gli occhi di Linda e dentro c'era tutto il suo addio. Si avvicinò. La guardò come non l'aveva mai vista. Un cannocchiale un telescopio non sarebbe bastato a farla avvicinare. I tuoi occhi sono veri. Ma non voleva crederci. Cercò di abbracciarla. Le sue braccia stavano lì, a mirare il letto del fiume. Con forza allora Andrea gliele tirò fuori dalle tasche e se le mise attorno alla vita. Linda era immobile. Anche se piano piano, o almeno così sembrava, cominciò a stringere.

E infatti eccole le lacrime, le mani che afferravano il corpo di Andrea. Pure lui piangeva. Due foglie di sale si staccarono da un ramo per cadere giù.

Saliti in macchina rimasero lontani. Un dito ogni tanto tentava l'avventura di una vita, ma tutto si svolgeva lungo gli occhi. Lo sguardo di un addio incerto.

«Solo una domanda, Linda».

Come si diceva Linda già scuoteva la testa a dire no, non è mai successo. Un labbro mordeva l'altro per cercare di tenerle con forza le gocce degli occhi. Ma niente. Filavano giù e si mischiavano a quelle di Andrea. Si baciarono. Una storia d'amore.

Stettero lì abbracciati senza contare il tempo che spariva, le macchine che passavano. Chi se ne tornava a casa, finalmente le scarpe ora me le tolgo, ah le ciabatte sono così comode. Chi vagava senza meta sotto la luce tenue dei lampioni. Chi come loro aspettava l'amore tra le note di una canzone ascoltata mille volte. Lungo le dita si perdeva una carezza.

Appena accennata. Quasi impaurita. Si guardarono.

Non ti lascerò andare.

No, fece lei con la testa. Ma il suo cuore era ancora errabondo. Amava e non amava. Sorrideva e dimenticava tutto. I margini delle cose sparivano per un piccolo tratto. Poi invece eccoli a ricordarle della vita. Era un amore disilluso? Linda sapeva di non voler superare la linea sottile dei desideri. Non sarebbe più tornata indietro, mai più. E allora rimaneva così, ancora in bilico sul burrone. Ma cosa stesse cercando, Andrea non riusciva a capirlo. Per lui la semplicità di quell'affetto era tutto. Sei tutto ciò che voglio, gli aveva detto un po' banalmente qualche sera prima. Ma lo sentiva davvero. Lo disse perché lì, in quel momento, non avrebbe cambiato nulla.

Linda si ritrasse piano appoggiando la schiena sul finestrino della macchina. Tirò a sé le dita che scivolarono via. Le unghie si sfiorarono per un ultimo respiro.

E adesso?

Tornando a casa, Linda si asciugò piano gli occhi. Si fermò a lato della strada e tirò fuori un fazzoletto. Non era riuscita a dirglielo. Ancora aveva taciuto. Sentiva il corpo spezzarsi ad ogni incontro, le mani non riuscire ad infilarsi nelle tasche e aspettare. Dovevano toccargli il viso, le labbra. Un dito spinto fino in fondo a sentire il calore della sua bocca. Ma quando chiudeva la porta di casa dietro di sé, si sfilava il cappotto e lo appoggiava svogliatamente all'attaccapanni, salutati i genitori con un bacio sulla guancia, Linda tornava se stessa. E lì non c'era spazio per Andrea. Il film era già iniziato e Linda tirò su la coperta distendendo le gambe. Quasi si addormentò.

Le onde del mare schiumano lente. D'inverno la spiaggia si colora di bianco. I bagnasciuga sono quasi ghiacciati. Un secchiello si è perso e rimane lì sdraiato fino al primo sole. Un'altalena non cigola più. E se provi a toccarla, magari facendo finta di spingerla, la neve cade senza accorgersene. Ancora cade. Per un istante le sembra di volare. Appoggiarsi di nuovo e piangere.

Andrea sapeva di essere lì. Al mare d'inverno. Traghettato qua e là da un sentimento fuori stagione. Che cos'è l'amore lui proprio non lo sapeva. Voleva vivere tutto. Abbracciare ogni piccolo secondo del giorno e delle stelle. E se poi? Apri gli occhi e non senti più niente. Linda già ci pensava. Guido le si era infilato dappertutto e invece? Sparito, così. Un amore perduto. Per sempre. È incredibile il dimenticare.

Ma a volte la barca si allontana troppo. Non può più tornare indietro. Il soffio del vento, la vela una pancia. All'orizzonte, sotto il cielo pallido, un'isola. Lenta si avvicina. Ormai è notte. Le stelle lampeggiano e nel silenzio sento una voce. Tira l'ancora, amore, ci fermiamo qui.

O forse no. Forse si può ancora sperare. Togliere dagli occhi i suoi occhi e vederla svanire. Continuare con i giorni le risate la leggerezza. È quel foglio di carta bianca su cui si scrive la vita si descrive la leggerezza di un frammento. Vivevano di frammenti sparsi. Uno oggi, l'altro chissà. L'incontro. Lo spezzarsi delle promesse Adesso Basta come si fa? Eppure non si conoscevano. Non avevano mai visto un film insieme, mai bevuto un tè in tazza, mai lasciato il tempo galleggiare di fronte alle onde del mare. Mai. E allora cosa serve all'amore per sbocciare? Dare vita alla violetta, le sue striature gialle lunghe come le attese e gli abbracci i baci le parole spesso fuori luogo ma dentro un'unica avvolgente idea di eternità. Andrea non lo sapeva, non sapeva niente. Linda non c'era. Nel suo quadretto appeso di spiaggia d'inverno c'era solo quel timido secchiello. Le onde lo spingevano un poco. Andrea si sarebbe avvicinato, l'avrebbe raccolto e tirato su. Basta stare di spigolo, secchiello! Guardati. Le onde ti prendono in giro, la neve ormai è caduta tutta. Ti aiuto, permetti? No, lasciami stare. Voglio starmene qui. Ascoltare il rumore dell'acqua. Di notte tu non lo sai ma si avvicina. Io non posso vederlo, ma so che è lì. Il mio mare, il mio sogno.

D'un fiato bevve l'ultimo dubbio. Accese il motore e partì. Lontano. Avrebbe guidato per delle ore. Diciamo quattro. In autostrada avrebbe cantato accompagnato dalla voce di David Bowie, poi sarebbe arrivato. Si. Nella regione gialla. E in testa aveva la voce dei trentenni. Goditi questi ultimi momenti. L'ultimo anno di università. Pochi mesi e poi? Il lavoro. La fuga del tempo. Adesso invece che si alzava dal letto con gli occhi sorridenti, le lunghe attese. Ti mancheranno, sai. I periodi lunghi. Lo dicevano con uno sbuffo dalle labbra. Quell'aria che aveva il suono del cancello del tempo che si è chiuso oramai.

Andrea ci andava per scrivere. Certo. Stava già scrivendo una storia d'amore. L'avrebbe continuata. Solo pochi fogli per ora, ma chissà. Una casetta in collina. I vicini a un paio di chilometri. Il silenzio in ogni cosa. Anche grande. Camminare per delle ore, per un giorno intero. E poi fermarsi sotto una quercia. Sul colle là in fondo ce n'era una stanca. Per arrivarci si doveva salire un lungo tratto, ma una volta arrivati lei ti dava il benvenuto con una carezza. I suoi rami a lambirti le spalle. Restava in silenzio per lasciarti riposare. Una penna nella tua mano. Le prime parole sul foglio ma il vento è troppo soffice. Ti culla fino al sonno.

Voleva partire per non restare ancora lì con il telefono i giorni ad aspettare. Non era una fuga. O forse si? Lei sapeva, gliel'aveva detto. Aveva sussurrato quelle parole con le lacrime, con la bocca che non ce la fa e si stira all'ingiù. Andrea le aveva detto ti amo. Adesso era solo lei. Voleva lasciare il tempo sfilarsene via. Un giorno, magari dopo pochissimo, sarebbe ritornato. Un altro incontro, un altro. E finalmente avrebbe capito, svegliandosi al suo fianco, che quello era un amore impossibile.

COINCIDENZE

L'amore indimenticabile è il prodotto delle coincidenze. Una frase così, stampata su un foglio qualsiasi, in un libro qualsiasi di un giorno inatteso. E ci credeva, Andrea. Troppe erano state le volte in cui la vita sapeva di loro due. E faceva di tutto per assecondarli. Linda gli parlava di una notte d'estate e delle stelle cadenti e subito un rigo di luce fulminò il buio sopra i loro occhi, leggevano una poesia sconosciuta davanti a due bicchieri di vino e dopo poco la risentivano cantata da un menestrello a teatro, sbagliano una strada e si incontrano per caso, scrivono un racconto ed è lo stesso, vogliono dimenticarsi l'uno dell'altra e finiscono per avvicinarsi sempre di più. Senza saperlo. Come il vento che si intrufola da una finestra e ti solletica il collo mentre asciughi un piatto. Ogni volta, ogni singola volta che i loro occhi si incontravano. Al bar in stazione in macchina sulla strada sotto le coperte a lezione di notte in un ricordo un accordo una canzone ah le canzoni sono tutto nei libri le poesie le parole lette e rilette le lettere che dicono basta le lettere che dicono amore le lacrime al telefono in un corridoio al museo in barca. In barca non c'erano mai stati. Lei conosceva il mare. Lui lo schivava. Ne era attratto ma anche respinto. Come per i sogni non sapeva dove l'avrebbero condotto. Ci entrava ogni notte, in quelle onde, ma a volte erano bonaccia, altre tempesta. E allora? Vivevano senza tempo e certo si abbracciavano senza spazio. Linda glielo diceva sempre, vorrei abbracciarti senza spazio. La stessa Linda che gli disse non ci credo quando lui, con i singhiozzi a scuoterlo, le disse «Ti amo».

Lo stavano scalando. Il monte o le dune non importa, le stavano scalando. Insieme. Senza corde si aggrappavano ai pochi appigli spigolosi, alle poche coincidenze di roccia che si presentavano appena la nebbia svaniva per un attimo. Non si vedeva la fine. Forse non c'è, una fine. O forse è già finito quel rincorrersi, e stanno solo sognando. Sconvolti da un aiuto! nell'eco delle montagne.

Linda Andrea non volevano svegliare quel sonno profondo. Sporcarlo di mondo, perché? I primi sbadigli, le prime noie, vederla ancora lì, seduta sul sofà ma non mi dà una mano, e lui? Che non me li fa più i regali le sorprese le parole si sono spente sono solo a metà i suoni ora silenzi. Eppure. Eppure ogni volta era una nuova volta. Tutto ricominciava. L'ingranaggio ripartiva. Non si formava mai la ruggine dei giorni. Era tutto diverso a com'era ieri e tutto ricompariva come si conoscessero da sempre. Sei come me, disse Linda sdraiata sulle lenzuola, a volte penso tu sia come me. In certe cose, Andre, le fai come le faccio io. Ed era lì, in quegli argini sprofondati, in quel fiume straripato dei loro adii che capivano di non potersi lasciare, di non poter perdere gli istanti diafani di quella perfezione. Mica li puoi vedere, gli istanti. Sono sotto la pelle. Un lampo che abbaglia il cielo, e niente più. Non c'è pioggia, nessun tuono o tempesta. Ha la forza di un amore, e la leggerezza della neve.

Andrea guidava nella notte. Guardava la carreggiata opposta, al di là della linea bianca, e sapeva di volerla prendere. Di andare da lei, tornare indietro e guardarla. Solo guardarla ancora qualche istante. Immaginava la frenata con il fischio delle ruote e il fumo, le macchine accodate a premere il clacson nella furia ma chi se ne frega io sono innamorato uscire alla prossima e fare un'inversione a U correre correre e cantare con l'autoradio che rimbomba la gente che osserva Linda finalmente vederla rivederla chiudere gli occhi in uno slancio baciarla.

«Ma no».

La lancetta segnava pigra i sessanta. Nessun clacson, nessuna sorpresa. Un bar. Un panino e un caffè. Guidare ancora, lasciare che le ruote bacino piano la linea sottile al centro. La vita a volte è una nostalgia di ferro. Ripassi caparbio le immagini scolpite nel gesso dei ricordi. Ne cambi la forma col senno di poi. Col martello devi fare attenzione. I frammenti di vita crollano giù in mille pezzi se muti troppo la figura. Poi è solo confusione. È un suono distratto. Così lontano da non parer più la nostra voce. Andrea per paura restò in silenzio. Le sagome sfrecciavano via. Forse alberi. Un palo della corrente, credo. Una casa lasciata sola. La luce spenta per sempre. I primi amori, le certezze di eternità, le amicizie inciampate, quelle rimaste un po' amare, le occasioni mai cercate e comparse così, le scelte troppo influenzate, ne siamo schiavi, le parole sbagliate a volte servono solo quelle. La Linda gli oblò, lì Andrea vide i suoi occhi. Ricordate, gli oblò del Museo del Mare? Una coincidenza, un'altra. Tutto al posto giusto. Ma la realtà non coincide. Vi pare? La realtà è tutto il resto. Gli argini della vita. Gli argini del mondo che avrebbero imbrigliato lei e i suoi occhi Andrea li voleva prendere gli argini e scacciare distenderli disperderli nella notte come le stelle nella notte che si dimentica della luna perché le stelle sono troppe sono tutte lì sono tutte per lei. Andrea comprese le parole di Linda. I suoi silenzi le sue lettere.

«Ho solo paura», disse.

Arrivò in qualche luogo. Non importa veramente dove. Ci arrivò sapendo di non poter continuare. Andrea la amava. Ma sapeva, o almeno sentiva, che quello era un amore già finito. Era troppo. Era tutto troppo vero. E aveva finito per non crederci più. Ma allora è questa la confusione dei venticinque anni? Ma perché non anche dei trenta cinquanta settanta l'illusione di poterci credere ancora non deve sparire. Mai. L'illusione di potersi innamorare di nuovo. A voi non va di tuffarvi? Siete sullo scoglio, su uno scoglio qualsiasi, i piedi pizzicano a contatto con la roccia appuntita. Vi dovete tuffare le nuvole gridano le gambe saltellano sta arrivando la grande onda sentite la voglia il turbine l'incontro il suo profumo che riconoscete il vento le mani accarezzano saltate tuffatevi ora!

L'avrebbe rivista? Non lo so. Credo di si. Avrebbero fatto l'amore sentendo, o almeno sapendo, che era tutto lì, e niente più. Perché così funziona. Così è impostato. Inspiegabile. Inarrivabile. Imperfetto. L'amore.

DIMENTICHIAMOCI COSÌ: IN UN RITORNO

Avevano già fatto l'amore ma quella fu la prima volta. Cercavano ritagli di fiato tra i loro corpi esausti. E il cuore e le labbra scottavano. La bocca tremava ansimando vicino alla sua. Si guardarono per sempre inginocchiati uno di fronte all'altra nudi nei respiri rapidi del desiderio.

Ciao, disse lei con i suoi occhi. Erano occhi di donna di bambina di madre di amica che in quel momento si mescolavano assieme nel sortilegio del suo sguardo. Nella lotta dell'amore. Stavano così Linda e Andrea, vicini e lontani come due piume di colomba che volano giù da un campanile disegnando le forme del piacere. Poi un dito, ad accarezzare. Quante volte, quante volte aspettarono. L'incontro delle parole, soltanto scritte su un foglio bianco e ora invece dette sussurrate piano la bocca si perdeva tra le correnti fresche dei suoi capelli si avvicinò all'orecchio che giace nell'attesa di un solo accordo una nota di dolore suonata ad occhi chiusi in una notte di tempesta un organo che non tace un lampo dalla finestra l'abbaglio lo squarcio la pioggia sbatte sulle foglie pesanti i rami si spezzano cadono come le sue gambe si lasciano andare sfiorare stringere mordere amare.

Sulle lenzuola asciugavano i lamenti. Le mani intrecciate il viso steso sul letto il cuscino era caduto. (Incastrato goffo tra il comodino e il niente). Nessuna parola. Solo la pelle raccontava quell'incontro. Si guardavano. Scrutavano quel corpo nudo non sapendo chi fosse. Solo loro due nel mondo nell'intero umido mondo. Loro due. Sdraiati sui petali dell'incanto.

Hai gli occhi dell'amore, le disse. E lei, quasi senza accorgersene, trasse con due parole un'intera festa di paese, la banda faceva applaudire le vecchiette e i bambini ridevano sulle spalle dei genitori. Con due sole parole descrisse un intero racconto di salice. Linda gli disse: hai capito.

Disse solo questo. Linda disse hai capito perché certo sapeva di essere scivolata caduta nel burrone, ma sentiva la mano di Andrea stringerla e cadere con lei volare. E quasi si fidava. Lei amore, lei l'amore che non vedeva non ci credeva eccolo rientrare dalla finestra dallo spiraglio di fiato che aveva lasciato aperto. Si intrufolò con i suoi ricci le sue ali la sua pelle d'orzo. Linda lo vide per un attimo, per un solo infinito istante si posò sulla sua spalla e le diede un bacio hai capito Andre hai capito che l'ho visto l'ho rivisto uguale ma diverso sempre solo un momento un frammento di tempo quella coincidenza di specchi che riflette una lacrima in un mare di sale un passo nel pellegrinaggio di una vita. La meta è sconosciuta. Alla fine resta un soffio. Ma se ne vola via. Confuso tra le correnti. Si annida in un vicolo. Trema un istante ed è già svanito.

ALL'IMPROVVISO

Arriva all'improvviso. Così, senza dire una parola. Non te ne accorgi subito, no. Entra nelle ossa e se ne sta lì. Poi piano si diffonde nel corpo, scivola dappertutto nelle vene e arriva agli occhi. Solo adesso lo vedi. Lo senti che si mischia alle parole, alle dita alla pelle che pizzica. L'amore è un saluto che fa male. Quando la vedi allontanarsi e non sai quando la rivedrai. E ti va di correre di rubare quei pochi metri già chilometri che vi separano.

Aspetta! Gridi allungando una mano, e lei che si gira di scatto perché sapeva, lei sapeva che l'avresti chiamata. E lì gli sguardi, i passi si avvicinano. Cosa succede? Chiede la testa. Ma il cuore è muto, aspetta il prossimo strofinarsi di mani, magari un bacio. Solo sfiorato sulla guancia.

Sono le parole che si dimenticano del tempo che sfila via. Forse un bicchiere di vino, solo uno, vino rosso che cola giù mentre ascolti la sua voce e ti accorgi di conoscerla già. Ti accorgi che il passato ignoto adesso si sta facendo specchio. Ma davvero?, chiedi appena appoggiato il bicchiere. Perché lì, in quel racconto, in quelle frasi, in quella vita tu c'eri già stato. Nella sua vita. Ma come? Vi conoscevate già. Sin da piccoli. Perché questa è la coincidenza dell'amore. Questo ritrovarsi dove non si era mai stati. La magia. Arriva all'improvviso. È un caso fortuito, dicono alcuni. Eppure non ti va di pensare ad altro. Il sole è dappertutto. I libri questa volta non c'entrano, il lavoro può aspettare. La tv che cos'è? Adesso è soltanto quel momento. Gli attimi della sua voce. Gli occhi che irradiano la stanza di un bagliore impossibile nella luce tenue del locale. Poche candele. Una tenda color mattone. Le sue dita di seta schivano lo stelo del bicchiere. Lo accarezzano. Il vino danza nel bocciolo di vetro.

Sono i silenzi. Spesso sono i silenzi a dirlo. Ti chiedi ancora cosa stia succedendo. Per un attimo vaghi con lo sguardo nel locale. Poi torni ai suoi occhi. Lei è lì, ti guarda. Sai già di amarla. I suoi occhi, non lo vedi?, te lo dicono. Ti dicono ciao, sono qui. E prima delle parole, prima di allungare la mano ad accarezzarle i capelli, prima di una passeggiata in centro mano nella mano a fantasticare sognare insieme un piccolo appartamento pieno di libri e un tavolo di legno massiccio su cui fare l'amore, prima delle lacrime, dei risvegli, di un abbraccio, prima di ogni cosa c'è lei. Lì, seduta di fronte a te che ti guarda. Dura un soffio, ancora quel soffio che vola sopra i tetti delle case e si porta via il fumo dei camini. Un soffio o uno sbuffo dalle labbra. Lungo un istante. Lungo una vita.

Forse il segreto era proprio questo. Linda lo sapeva. Andrea lo sapeva. Il segreto era essere consapevoli della sua evanescenza, e quindi meravigliarsi di ogni ritorno. Riconoscere che tutto è diafano, tutto scorre via rubato dal vento, li faceva sorridere di ogni piccola cosa. Assorbire e ubriacarsi di ogni sguardo.

Poi li scorgevi, in qualche vicolo sotto la pioggia, e sapevi che erano loro perché quel bacio sembrava non volerne sapere di morire. Le campane suonavano nel miracolo delle coincidenze e loro stavano nascosti da un piccolo ombrello grigio. Tra gli spigoli di stoffa spuntavano i capelli neri. Poi l'ombrello si spostava e allora vedevi una guancia, una mano ad accarezzarle il viso, un bacio.

Il guaio è il tempo, vero? Lo scorrere indefinito del tempo cancella lo stupore. Come le lacrime per il trucco di un pagliaccio. Sorridente fino a un minuto fa, prima di rientrare nella roulotte. Un amore che non si stupisce è già assopito, addormentato tra i comodi cuscini dei giorni illesi. Tutti uguali. Appena iniziati e già finiti.

Linda gli mise una lettera sotto al foglio. Lui non se ne accorse. Erano a lezione seduti nella distrazione di una carezza accennata sotto al banco. Linda sorrideva. Aspettava e quando Andrea se ne accorse ebbe un moto di ciglia. Si aggrottarono mentre due dita estraevano la busta da sotto il foglio.

Erano quei momenti, proprio quelle note di tromba. A volte piperita a volte sgrondante lacrime. Era quel bar e il fumo che impregnava il velluto delle poltroncine rosso bordeaux. La tromba ancora seduta su uno sgabello nero. Il contrabbasso nascosto dalla coltre dei giorni. Un vestito blu. La cantante stanca nella voce di pane. La fine della canzone. Le note si abissano, tornano regolari alla partenza. E invece. Un acuto. Lontano e lunghissimo. La testa piegata all'indietro. L'ottone la segue. L'imprevisto nel locale asciutto, già consumato. Lo stupore del barista. Gira la testa mentre strofina un bicchiere. Poi torna chino. La voce si spegne. *Cosa prende?*

Certo è anche fortuna. *A volte non pensiamo alla nostra fortuna*. Lo scrisse Linda una domenica sera qualsiasi tra la pioggia e il cielo assente. La mail era corta, scivolava via con queste poche parole. La fortuna di tutto il resto. Il poter sognare ancora fantasticare sulle cose. Creare crearsi un futuro di sogno. Ognuno il suo, e poi magari, con prudenza e un po' impauriti, farlo coincidere, o almeno avvicinare al sogno dell'altro. La realtà è lontana. Ma perché? Perché la vita si deve disilludere?

Andrea la prese per un braccio. Camminavano senza meta per i soliti e sempre nuovi vicoletti del centro città e Andrea la fermò.

«Linda», disse, «noi possiamo fare quello che vogliamo».

Lei non rispose. Si chiedeva cosa volesse dire e aspettava le prossime parole per una conferma.

«Ne sono sicuro. Sembra banale da dire, così, ma io sono sicuro che se uno vuole qualcosa, e lo vuole veramente, in qualche modo, prima o poi lo raggiunge. Lo disse anche De Sica prima di morire: figlio, prendi sempre la strada più difficile. Uno la fortuna se la deve cercare».

E Linda sapeva che aveva ragione. Ma non disse niente e lo guardò. È questa la fortuna?

Linda ci pensava. Stava in bilico con Andrea sullo

stesso piano traballante. Gli ultimi mesi, pochi a dir la verità, e poi. E poi il lavoro. La fuga del tempo.

Galleggiavano nell'età dell'incertezza. Con la voglia di qualcosa di concreto. Qualcosa da poter afferrare nelle mani e stringere. Veleggiavano in quel mare di miele, con il vento a pizzicare ogni angolo di pelle. Ma all'orizzonte, oltre la nascita delle onde, già si addensavano nubi di ghisa. Pure un lampo tentò di tuffarsi, e la burrasca si avvicinava silenziosa.

Cosa avrebbero fatto? Andrea era ignaro di ogni carrucola che vedeva spuntare dal legno della plancia. Linda un po' si destreggiava in mare, e certo, in due, sarebbe stato più semplice. E intanto stavano lì. Si preparavano al futuro incerto spigolando briciole di attese incrostate nella vernice.

Aveva preparato tutto. L'aspirapolvere aveva aspirato avidamente il tappeto. Il letto in ordine ma un po' sfatto. La musica era lenta. Tanto lontana da parere spenta, pareva venisse da un altro posto, da un'altra città per bussare alla finestra ed entrare. Le tende afflosciate nel ricordo della notte, le candele stese come piccole stelle in cerca di buio. Una qui, l'altra nell'angolo. La stanza era immobile. Le pareti asciutte avevano già sentito l'amore e se lo ricordavano con un sorriso d'imbarazzo. Andrea era seduto. Di fronte aveva un foglio. Qualche parola buttata lì, quasi per caso. Aspettava Linda. La notte non era riuscito a dormire. Il ricordo di lei, della sua pelle gli teneva gli occhi sbarrati a fissare un quadretto. Due figure a spigoli sorseggiavano un caffè guardando dall'altra parte. Poi una crepa nel muro. Scendeva velocissima come un lampo che rompe la notte e si perdeva nell'angolo della stanza. Andrea rigirava il cuscino, lo piegava a metà, si sdraiava a pancia in giù ma niente. Linda era ovunque in quell'insonnia. Dalla finestra entrava un ghirigoro di luce. Si stendeva a illuminare la crepa. Ancora. Perché non accendere la luce e leggere qualcosa? Gli occhi si sarebbero socchiusi piano piano, avrebbe sognato per un frammento di tempo e poi, ridestato,

Andrea avrebbe spento la luce e finalmente dormito. Ma non riusciva a muoversi. L'interruttore era lì, a portata di mano, ma non riusciva ad allungare il braccio. Pensava a lei. A volte pure si arrabbiava perché sapeva che di tutte le cose, lei era la più luminosa. Ed è rischioso, ripeteva nella sua testa. È rischioso porla al centro del foglio della vita e far ruotare così la punta. Lo spillo del compasso poi comincia a dolere. Si infila nella pelle nella carne. No no devo pensare anche a me, alle mie cose.

Ma appena rigirò la testa dall'altra parte, Linda comparì sul cuscino vicino al suo viso.

«Ciao», disse Andrea quasi spaventato, «ciao Linda».

«Ciao Andre».

«Ma cosa ci fai qui? come hai fatto ad entrare?»

«La porta era aperta e tu dormivi».

«Sai, pensavo proprio a te».

«Non è vero».

«Si si. Pensavo a noi due, a quant'è bello. E poi pensavo...»

«A cosa? A cosa pensavi?»

«Beh così... pensavo, ecco, ai tuoi occhi».

«Davvero? E a te non ci pensavi?»

«A me?»

«Si, a te stesso. Non pensi mai a te stesso?»

«A volte, certo» Andrea sudava. Perché quella domanda?

«Vedi, continuò Linda, forse dovremmo, non lo so, aspettare».

«Aspettare cosa?» Andrea non capiva.

«Aspettare un po'. Vedere dentro di noi prima di tutto».

«Ma io dentro di me ci vedo benissimo».

«Sei sicuro?»

«Beh, credo di si». Andrea era tornato a fissare la crepa. Sembrava si fosse allungata. La tempesta vociava echi ancora più tremendi.

«Linda, credo che...» ma Linda non c'era più. L'altra metà del cuscino era vuota. E fredda. Andrea chiuse gli occhi e forse si addormentò.

Dalla finestra entrava il rumore della strada. Le

macchine continuavano a passare. Proprio di fronte alla camera c'era un semaforo. I motori rallentavano, borbottavano un po' e poi via ripartivano. Qualche clacson qua e là. Linda non arrivava. Le candele stavano consumando tutta la cera del tempo e una conchiglia stava assopita sul tavolo. Andrea la prese in mano. Un regalo di Linda. Era una conchiglia grande come un pugno, bellissima. La accarezzò. Il guscio duro era formato da striature cannella che non seguivano il corso della spirale, ma manovravano con guizzi di pesce per poi placarsi e svanire su una punta quasi impercettibile. Una conchiglia degna dei migliori mari. Alla base di quel girotondo stava una cavità abbastanza ampia, tanto da poterci infilare la falange di un dito o due. Figuriamoci il timpano dell'orecchio. E il suono era lì. Neppure il clacson ripetuto dalla finestra poté turbarlo un istante. Andrea chiuse gli occhi e tenne la conchiglia vicino alla testa. Sentiva l'incunearsi del vento, la sabbia sulle dita. Linda non c'era e per un attimo sentì che non l'avrebbe mai più rivista.

Allora si alzò. Basta, disse. Se non arriva mica posso stare qui a farne un dramma. Ho le mie cose da fare. E ciondolava per l'appartamento. I coinquilini non c'erano, lavoravano. Il piccolo corridoio era buio e silenzioso, le stanze poco illuminate. Sul tavolo della cucina aveva preparato due bicchieri con il vino rosso, i piatti la tovaglia a quadretti. Si avvicinò alla finestra per scrutare un ciuffo nero di capelli, uno stivale, i suoi occhi. Niente. Controllò l'orologio. Mezz'ora. Beh forse un po' di traffico. Eppure, a passi claudicanti da una parte all'altra del corridoio, dalla stanza alla cucina e ritorno, sentiva qualcosa salirgli in gola. Un presentimento. Qualcosa di inspiegabile aleggiava qua e là tra i vecchi muri dell'appartamento. Gli si intrufolava nelle narici e si diffondeva in tutto il corpo.

Un'ora. Andrea indossò il giaccone, prese le chiavi e uscì. Stava aprendo il portone per uscire nella luce del giorno, ma si arrestò. Aveva visto qualcosa. Si. Pochi passi prima, passi svelti ma. C'era qualcosa sulle cassette della posta. Non ne era sicuro. Tornò indietro piano. Si avvicinò e vide una lettera colorata. Risaltava tra le altre perché era tutta rossa, di un rosso acceso. Un nome: Andrea.

La prese e corse di sopra. Chiuse la porta della camera e gettò la giacca sul letto. Sapeva certo che era della Linda. E infatti. Un altro addio, pensò subito. Un addio era il gusto dell'aria che si diffondeva nell'appartamento, nella fiammella ormai stanca delle candele, nelle ossa di gesso.

E invece. Non era un addio. Non era un non posso più vederti, quanti ne ascoltò l'Andrea. Era una lettera dolcissima. Ritagliata come la coda di un pavone innamorato ma per niente spigolosa. Parlava di loro due, dei loro incontri, della sabbia e del fango seccato, delle carezze e degli occhi chiusi quando facevano l'amore delle passeggiate in centro del vino mai troppo della poesia dei racconti di sale delle lacrime certo. Della loro storia d'amore. E poi. E poi finiva. La lettera finiva così, con amore,

Linda. Andrea distese il corpo indietro che quasi cadeva dalla sedia. Sorrise. Era felice, strinse gli occhi pensando a lei e rivide, non sapeva bene perché, il suo viso riflesso nello specchio del bagno. Si stava truccando. Un po' di matita passata piano vicino alle ciglia. Poi riaprì gli occhi. E capì.

Linda già sapeva che così non poteva andare. Stavano dipendendo l'uno dall'altra. La felicità si rivelava solo negli attimi dei loro sguardi. E il resto? E quando erano a casa o a lezione o ovunque? No non potevano vivere con l'attesa di un ritorno. Troppe volte Linda aveva cercato di dirglielo, di scriverglielo. È un addio. Ma poi instancabilmente aveva rivisto i suoi occhi. E lì, in quelle pupille, ci cascava sempre. Erano sinceri gli occhi di Andrea, e per questo non riusciva a liberarsene.

Linda a dire il vero se ne stava dietro l'angolo del condominio. Aveva lasciato lì la lettera ed era corsa via. Ma di andarsene no, non ci riusciva. E allora aspettava. Mezz'ora, un'ora. Sapeva di non poter salire e suonare il campanello *drin* perché poi, rivedendolo, non sarebbe riuscita a dire basta. Avrebbero fatto l'amore dopo essersi abbracciati e scambiati un ciao di dita affusolate. E tutto si sarebbe ripetuto.

Le macchine ancheggiavano vicino al semaforo. Linda stava sul marciapiede nascosta da un cartello stradale. La borsetta in mano, il sole alto. La gente si chiedeva perché se ne stesse lì ferma, ma poi non se curava più e cambiava marcia. Solo poco spazio li separava. Il poco spazio di quell'immenso cielo azzurro. Il filo di un aquilone si sarebbe sfilato volentieri dalle dita e volato su dove l'occhio si acceca, ma Linda lo teneva stretto. La campana rintoccò. Ma fu un rumore sordo. Nessuno se ne accorse.

E allora se ne andò. Ancora una volta Linda se ne andò senza crederci. I passi si schieravano in fila uno dopo l'altro comandati dall'illusione di riuscire a non amare. La macchina era lì parcheggiata. Premette il pulsante per aprire la portiera. Le luci a intermittenza delle frecce sembravano prenderla in giro. Salì in macchina e non si voltò indietro. Sarebbe partita. Si. Ora Linda sarebbe partita davvero. Non aveva detto niente ad Andrea. Non si sarebbero più sentiti, certo. Almeno fino al suo ritorno. La macchina partì piano. Uscì dal parcheggio e girò a sinistra. Passò davanti all'appartamento di Andrea. E infatti eccolo, affacciato alla finestra in cerca dei suoi occhi, dei suoi capelli neri lisci delle sue gambe la gonna scozzese. Linda ci passò proprio sotto. Lui non la vide. Andrea si protese ancora un po'. Linda con una mano accennò un saluto riparata dal finestrino. Lo fece piano. Le dita sembravano muoversi sott'acqua. Le labbra mimarono un ciao. In silenzio. «Ciao Andre».

Il semaforo scattò verde. Andrea abbassò lo sguardo, fece un ultimo tentativo e poi rientrò chiudendo la finestra. Linda ripartì. Addio.

Come il ramo tenero di una betulla che d'inverno si spezza sotto il peso dei passi del tempo, Andrea sentiva il cuore frantumarsi di giorno in giorno. La nostalgia della sua pelle, le telefonate imbarazzate a cantarle una canzone con la pioggia, i pomeriggi a scriverle un verso. Linda gli scrisse dopo qualche giorno. Da lontano. Così lontano che quasi fa male ricordarlo. Gli diceva scusami Andre. Sono partita. Ti penso. E poi basta. E l'Andrea che chiudeva e riapriva la mail per rileggere quelle frasi. Ma cos'altro c'era da dire? Finalmente l'aveva fatto. Avevano cercato in tutti i modi di allontanarsi. Di smarrirsi. Ma non c'era verso. L'evidenza era crudele. Le dita non riuscivano a staccarsi, le braccia navigavano tutto attorno la schiena e si fermavano lì, nel porto dei loro respiri. Abbracciati a rubarsi baci.

Ora invece. Il sole sorgeva da un palazzo bianco e di sera si chinava dietro il campanile. Dalle campane ormai mute filtravano i primi raggi della primavera. I narcisi erano sbocciati nelle carezze delle vecchiette che si fermavano a guardarli, e la vita riprendeva il suo corso naturale. L'aria di marzo faceva togliere la giacca e prendere le strade più lunghe per arrivare dove non si arriva mai. Nelle attese.

Andrea continuava con il suo pigro studiare e il

non far niente. Andava alle lezioni e si ritrovava a disegnare un fumetto sulle formiche che colonizzano una stanza, il loro capo in testa, e dietro una fila indiana che parte dalla cucina. In mensa si portava un libro da conficcare tra il vassoio e il bicchiere. Un leggio a regola d'arte. Masticava seguendo le parole e non beveva mai. Vagava per la città mangiando uno yogurt e tenendosi in bocca il cucchiaio come si faceva con le olive. Sotto al sole. Sgranocchiate fino a lasciarle completamente nude. Passo dopo passo si accartocciava quell'indolenza e lo scoramento dei mesi prima degli esami. Le lezioni prendevano poco tempo e poco spazio nella mente. L'obiettivo era l'attesa.

Le domeniche tornava a casa sentendo il gusto della provincia. I silenzi lunghissimi, le montagne velate da un foglio d'umidità, le sere e il dialetto che si appiccica come nebbiolina invadente, stupendo ritratto del tempo. Gli amici d'infanzia, le battute di cinque anni fa, la birra *dai un'altra*, le domande, le stesse risposte alle stesse domande. Le sorprese rivedendolo tornato. La consapevolezza di aver letto quelle pagine e di non voler tornare indietro al capitolo precedente. Quel poco di arroganza di poter non ridere per cazzate. La voglia di uscire solo per parlare su dove se ne fugge il tempo cosa faremo fra poco. E Linda? Il riflesso del suo viso compariva nelle vetrine, nelle ragazze che scappano con la valigia perdono il treno, nelle poesie che lei gli aveva consigliato, nelle ore del pomeriggio.

Eppure piano i vetri si asciugavano. Le ragazze tornavano ad avere i propri visi diversi dall'ambra e la mandorla. Dai libri Andrea coglieva nuove forme, nuovi rimbalzi di luce. Montale non parlava solo d'amore.

La rabbia gli si era gonfiata dentro come un palloncino di carnevale e in qualche modo sentì di doverlo bucare. I giorni subito dopo la lettera rossa, Andrea si affacciò più di qualche volta di fronte a casa della Linda. Non c'era mai stato in casa sua. guidava lentamente per la via con il cuore in gola all'approssimarsi del numero 15. Abbassava il corpo in fondo ai pedali e con gli occhi appena sopra il finestrino guardava per un istante. Poi un giorno addirittura se la fece a piedi la via. Aveva parcheggiato poco più in là. Diciamo due trecento metri, e con le mani in tasca e i capelli a coprirgli gli occhi camminava ciondolando sull'asfalto. Lui non se ne accorgeva, ma aveva un passo da cammello. Per la paura di essere scoperto o che ne so, procedeva dinoccolato come fosse un'onda. Buttava un occhio, ma niente. C'erano gli scogli, la marea non arrivava mai a distendersi sul bagnasciuga. Non si rassegnava, e si riempiva di comportamenti stravaganti. In treno, arrivato alla fermata di una città qualsiasi, si alzò dal sedile e abbassò il finestrino. Tese una mano verso l'esterno. Le dita si muovevano come per afferrare qualcosa che non c'è. Cercavano di lanciarsi il più lontano possibile, il più vicino a lei. Lei. Era lì da qualche parte. Era tornata? Magari se ne stava seduta, i gomiti sul tavolo scriveva qualcosa. O rideva con un'amica mangiando patatine. O qualsiasi altra cosa. Il treno ripartì. Dalla banchina della stazione si poteva vedere quel lungo tronco metallico riprendere a muoversi adagio. Un ramo pendeva dritto, scricchiolò un poco e si staccò.

Così, in poche righe, passò un mese.

LA PRIMAVERA

Un mese passò e di Linda nessuna notizia. Nessuna lettera nascosta dietro la finestrella della posta. Nessuna sorpresa tra gli scaffali della libreria della sua città. Niente di niente. Una mail, anzi due, tre. Ogni tanto arrivavano quelle tre parole. Sempre le stesse. Quelle tre dita aggrappate al ricordo. Ti penso sempre.

Andrea usciva dalla stanza, dal mondo che lo circondava, con un sorriso. L'aria sembrava più fresca. E lo era. Aprile era alle porte e il sole calava sempre più tardi. La neve s'era sciolta davvero tutta e i narcisi il loro tempo l'avevano già fatto. La primavera finalmente era dappertutto.

Andrea sapeva aspettare. L'aveva fatto sin dall'inizio. Sin dalle montagne che ghermivano il desiderio di vederla, senza sapere che Linda era lì, ad un'ora di macchina da dove passava le vacanze natalizie. L'aveva aspettata perché sapeva di non voler sprecare quel desiderio. Venticinque anni. Ma c'entra molto l'età? Andrea se lo chiedeva. Andrea sentiva che questa volta nulla andava sprecato. Con gli anni aveva finito per capire che non si torna più indietro. Forse è banale. Ma per Andrea fu una rivelazione. Aveva il gusto amaro di un addio. Fino a quel momento aveva sempre creduto che si, ci sarà un giorno in cui tutto tornerà. E invece. E invece ora non ne era più sicuro. Il treno del tempo passa. E se perdi la coincidenza... Certo puoi prenderne un'altra. Alla fine ce la fai ad arrivare alla stazione, ma la coincidenza della Linda Andrea non voleva rischiare di lasciarla andare. Per cosa poi? Per non aver aspettato? Sai quanto lunga è la vita? Cosa sono questi giorni o i mesi addirittura gli anni cosa sono se nel tuo bagaglio c'è l'amore? Un giorno capirai che quello è il treno giusto. E allora salirai e lei sarà lì, o magari sarà lei a scendere e guardarti. Tieni la testa bassa. Con il piede ripeti la forma di un semicerchio sulla banchina. Vedi un'ombra. Annusi il suo profumo. Alzi gli occhi.

«Ciao».

Andrea sapeva aspettare anche se lei non sarebbe tornata. Anche se di fatto non la conosceva. Linda glielo diceva. *Noi non ci conosciamo e ci conosciamo*. Sempre appesa a un filo la dolce voce della Linda.

Andrea continuava a scrivere il suo racconto. I fogli accumulati sulla sua scrivania formarono una pila ragguardevole. Scriveva dappertutto. Specialmente a lezione quando i dieci minuti di attenzione passavano e il tedio si diffondeva nell'aula senza ossigeno. Un giorno scrisse in riva al fiume. Sembra stupido, eppure la vicinanza con la natura, con i suoi elementi, aiuta sempre. Sempre. Pure la lontananza aiuta. Ma deve essere una lontananza vera. Come ad esempio imbottigliati nel gorgo di una metropolitana. Le mezze misure non stimolano la vitalità della scrittura. O tutto o niente. Così Andrea pensava.

Un giorno si diceva, il sole ancora velato da qualche nuvola, i primi giorni di un aprile da maglione di cotone, Andrea scrisse per delle ore. Il numero preciso non lo so, diciamo almeno quattro. Anzi no, cinque, cinque e mezza. Sentiva divampare dentro la voglia di stendere parole sullo schermo del computer. E alla sera, stremato senza accorgersene, rilesse tutto, e lì dentro ci trovò Linda. Ancora la neve di quei giorni.

Ma rilesse volentieri, e quasi decise di spedirglielo via mail il giorno dopo, e scriverle *ovunque tu sia* all'inizio di ogni pagina. Ma aveva fatto un patto con se stesso. Dal giorno in cui se ne andò. O meglio, da quando capì che Linda non sarebbe tornata. Io non le scriverò, non risponderò mai. Questo aveva deciso. Come per la neve d'inverno. Non avrebbe mai più risposto, fino al giorno in cui l'avrebbe vista. E Linda sapeva che non avrebbe ricevuto risposte. E infatti i suoi messaggi non ne richiedevano alcuna. Ti penso sempre. Questi erano i messaggi, *carezzeartigli*.

Andrea divideva quell'attesa con se stesso. Ma di ora in ora, di volta in volta, dentro al suo corpo nidificava una certezza. L'avrebbe rivista. Andrea sapeva che l'avrebbe rivista. Fino ad allora era solo questione di vita.

Linda dov'era? Non lo so. Linda se n'era andata e Andrea non aveva idea a chi chiedere la destinazione. Pensò di chiamare direttamente a casa sua inventandosi un nome.

«Buongiorno, mi chiamo Lorenzo».

«Buongiorno». Era sua madre.

«Sono un compagno di corso di Linda. È in casa?»

«No, mi dispiace. Linda se n'è andata».

«Ah si? Ecco perché non l'avevo più vista a lezione, ma, se posso chiedere, dov'è andata?»

«Linda è partita per...»

No, non avrebbe potuto farlo. C'aveva pensato più volte, ma. Linda si stava cercando. Sapeva che Andrea stava soffrendo, un po' lui stava soffrendo. E nelle notti insonni, guardando una luna piena che non si voleva spostare dallo spigolo della finestra, lei pensava ad Andrea. E Andrea lo sentiva. Linda gli compariva nei sogni. Solo di sfuggita. Un frammento di tempo per stare ancora una volta insieme. Poi al risveglio se ne stava mezz'ora disteso sotto le coperte. L'eco del suo ricordo ancora vibrava nella piccola stanza, e alzarsi dalle coperte, lo sapeva per certo, l'avrebbe dipanata.

Andrea cominciò a riempirsi di attività. Si iscrisse ad un corso di teatro, continuò con frequenza più o meno costante ad andare in palestra, cercava di non dire no agli inviti

«Hei allora questa sera tipo esci che ci facciamo serata?»

«Eh?»

Poi il mercoledì sera andava a suonare. Aveva abbandonato la batteria da qualche anno ormai, ma in quella stanzetta, in quel garage a tre euro a testa l'ora, con i capelli che coprivano ogni imbarazzo e il sudore che faceva smettere di pensare, si sentiva stranamente a suo agio. Batteva il rullante ritrovandosi un livido sulla gamba ogni giovedì mattina.

Poi addirittura si iscrisse ad un corso di salsa. Di solito ai corsi di salsa ci si va perché ci vanno le ragazze. Ad Andrea questo particolare certo non interessava visto la calma nello scegliere la compagna.

Alla prima lezione nella palestra, dove ormai più di qualcuno, diciamo almeno tre persone, lo salutava regolarmente, si trovarono schierati di fronte all'istruttore forse cubano una trentina di persone. Qualche coppia già formata, ma in generale solo individui spaiati. Le mani dell'istruttore batterono due volte rapidamente.

«E ora formiamo le coppie!» aveva detto con enfasi il forse cubano, «ognuno scelga il suo partner!»

L'esercito schierato si sfaldò in un enorme sciame. Nel turbinio Andrea si ritrovò scaraventato in un angolo del parquet. Dopo un solo minuto le coppie erano già tutte formate, e Andrea rimase solo. A passi pesanti gli si avvicinò una settantenne col sorriso spianato

«Hai già la compagna?»

Andrea fece finta di non aver sentito e girò lentamente la testa dall'altra parte. La settantenne gli batté col dito sulla spalla.

«Hai già la compagna?»

E così cominciò la prima lezione di salsa. La donna sbuffava spesso.

«Non segue il tempo, diceva all'istruttore, non ha il *ritmo*!».

«Qualche lezione e formerete una bellissima coppia!»

Andrea decise che smettere di andare al corso di salsa non avrebbe turbato la sua coerenza. Cercava in tutti i modi di evitare l'incoerenza. Sapeva di esserne colmo, e che non l'avrebbe aiutato nel tempo. Anche se una sera al bar, qualche anno prima, ancora ricordava un uomo seduto al tavolo vicino al suo dire le persone più interessanti che conosco sono incoerenti, e su questa frase udita così per caso basava una buona fetta del suo incedere nella vita.

Barcollava tra l'adolescenza e l'età adulta, ne era consapevole. E intanto scriveva. Come una terapia, continuava la sua storia d'amore infarcendola con qualche indizio di Linda. Ogni tanto ci metteva un abbraccio e si perdeva per un paio di pagine solo per cercare di descrivere ogni singolo istante di quel groviglio. Oppure un bacio. Per i baci davvero non aveva pietà. Parole su parole pagine una dopo l'altra per inquadrare dentro al foglio bianco la mancanza che provava per le sue labbra. E così Linda un po' si avvicinava. A volte, steso sul prato o a pigiare i tasti del computer in camera, poteva quasi toccarla. Vederla di certo. Era vestita di un abito di lettere d'amore, quasi trasparente nella sua semplicità. Lo guardava con i suoi occhi d'oriente, li abbassava un po' imbarazzata e poi subito rialzava la testa. I loro sguardi si incontravano. Lei avvicinava una mano e gli accarezzava i capelli. Poi lui, ingenuo psiche, apriva gli occhi e lei svaniva. Ancora, diceva tra sé.

Ma le pagine, come il tempo, sfilavano via con il vento fresco d'aprile. Era strano rivivere quegli incontri. Leggerli la notte e ritrovarci i suoi occhi. Linda finalmente era tornata, e dormiva accanto a lui sotto una coperta d'inchiostro.

Andrea scriveva quel racconto come un *flashback* della loro storia. Di frase in frase inventava sempre meno e riscriveva sempre più la cronaca dei loro istanti. Cominciò dal primo bacio sulla guancia. Quel primo ciao che schivò le labbra. Poi i libri che si scambiavano, le poesie che lei gli leggeva. Tutto era nato così. Con una poesia. Si incontrarono per caso all'università in un novembre d'amore. Si salutarono e poi andarono alla mensa. I vassoi stavano lì. Il cibo s'era raffreddato lungo i loro discorsi. Non riuscivano a staccare le parole che si accavallavano da un discorso all'altro. Andrea ricordava le sue mani muoversi per spiegare come lei, da piccola, era maltrattata dal fratello maggiore, e lì, circondati da studenti e professori, lui sentì per il primo istante di conoscerla. L'aveva già vista l'anno precedente, ma in realtà non avevano mai parlato. Prima di salutarsi, lei gli diede un libro di poesia. Saba. Non sapeva bene perché. Linda non lo sapeva, lo sentì e basta. Lui ringraziò, e tornato a casa si mise a leggere. Una poesia al giorno, prima di dormire.

«Vanno lette così», gli aveva detto Linda.

Andrea non la vide per una settimana o due. Prima di addormentarsi leggeva quei pochi versi e nei pomeriggi lei gli entrava nei pensieri. Ci si infilava senza dire niente e stava lì. Poi un giorno Andrea corse su internet per scriverle una mail.

Linda la lesse la sera stessa. Dentro c'era una poesia dal libro che gli aveva prestato. Era la sua preferita.

Il giorno dopo si videro. Decisero di andare a pranzo assieme, ma non alla mensa. No. Andarono in un ristorante pugliese non lontano dall'università. Le dita di Andrea si avvicinavano piano sulla tovaglia. Linda le vide ma fece finta di nulla. Nel locale rimasero loro due soli, nonostante tutti i tavolini fossero occupati.

Andrea scriveva. Un giorno stampò tutto e lo fece leggere a suo cugino.

«Scrivi come Ammaniti». Lui con Ammaniti non aveva grande confidenza. «Perché non provi a pubblicarlo?»

Andrea non c'aveva mai pensato. In realtà ci aveva pensato più di qualche volta, ma le sue parole dovevano rimanere lì su quei fogli. Erano per Linda. La dedica era a Linda.

«Provaci», continuò.

«Ma sono poche pagine», rispose Andrea, «saranno si e no una cinquantina».

«E cosa importa?»

Andrea tornò a casa e si sdraiò sul letto. *Perché no?*, chiese al soffitto.

Passò anche aprile. Le lettere comparivano sullo schermo. I tasti si scolorivano e il sole illuminava con i suoi raggi d'ambrosia il mouse. Andrea si era convertito al computer, completamente. Aveva scoperto che la scrittura si stendeva più fluida, e quindi la lettura. Un fine settimana, nel silenzio di un pranzo, spiegò ai genitori l'importanza di un portatile per la stesura della tesi. Loro aggrottarono la fronte, ma cedettero. Lo caricava nella notte e lo portava vicino al fiume di giorno. Perdeva ore su internet a scovare editori che pubblicassero scrittori emergenti, e aveva smesso di uscire alla sera. Pure il sabato. O il venerdì. Li passava a scrivere. I suoi amici gli chiedevano perché, gli dicevano che era diventato noioso, che doveva uscire un po', che la sua pelle si stava facendo pericolosamente pallida. Ma lui niente. Rispondeva per messaggio. *Non esco, devo scrivere*. E lentamente smisero di chiederglielo.

Aveva riscoperto la gioia del mattino. Le sei. Le sei di mattina non le viveva da cinque anni. Dall'inizio dell'università. Si era alzato sempre all'una, alle dieci o alle nove e mezza quando non voleva sentire il peso dei sensi di colpa. Adesso invece. Un mattino addirittura alle cinque. Dalla finestra entrò l'urlo di una donna e la luce dell'alba. Guardò l'ora. Le cinque. Stava sprofondando nuovamente nel cuscino, quando nella mente passò un'immagine per il suo racconto. Un punto che non riusciva a passare. Le parole si erano ancorate al fondo sabbioso. Ma quel mattino le parole correnti oceaniche smossero il fondo del mare. Si destò di scatto e scrisse. Quando le dita si fermarono era ora di pranzo.

Con maggio arrivò la corsa. Cominciò a correre. Così, da solo in giro per la città. S'era preso una tuta blu, scarpe da ginnastica e via. Un giorno si e uno no. Correva e sentiva l'aria intrufolarsi nelle narici, il sole calare pigro, l'acqua ramata del fiume arrugginire i sassi. Le gambe si riscaldavano, il petto si gonfiava d'aria. Superava le macchine che stavano incolonnate al semaforo e stava bene. Benissimo. E Linda? Chissà come sta. Linda. Andrea pensava a lei.

La fretta. Era tutto ciò che Andrea non riusciva a capire. Si ha troppa fretta. Fretta di sentire la voce di qualcuno, fretta di non stare soli, fretta di amare. E allora via a scrivere messaggi e aspettare con l'angoscia una risposta. Perché non chiama? Forse è arrabbiata forse non glielo dovevo spedire forse. Andrea non capiva la fretta. Le vite si consumano per la fretta. L'amore non la ammette. Ha bisogno di cure, di calma, l'amore, come per un amarillo ha bisogno di molta acqua, di un piccolo taglio di stelo ogni mattino, di carezze. Invece intorno a lui c'era solo fretta.

«Si, è la mia ragazza»

«Ma quando l'hai conosciuta?»

«Sabato, ad una festa».

Andrea non capiva. La birra stava lì, di fronte a quelle parole, e lui non capiva. Il bar s'era riempito di voci pesanti. Qualche ultrà della squadra di calcio della città tornava dalla partita affranto nelle bestemmie. Decisero di finire il bicchiere e andarsene. Arrivò uno squillo nel telefono del suo amico. Il suono era un insieme coatto di campanellini da favola per bimbi e trombe di automobili. Terribile.

«Questa è lei, disse con un sorriso. Sai Andre, continuò, credo di amarla già».

Andrea tossì la birra. Era quel *già* che gli andò di traverso. L'amico intanto rispondeva con uno squillo allo squillo.

«Ma come fai a dire che la ami se l'hai conosciuta quattro giorni fa?»

«E cosa vuol dire? Mica puoi innamorarti solo tu!»

Andrea si sentì attaccato. Ma era un attacco dal fianco. Non oppose resistenza. Aveva ragione? Che ne sapeva Andrea dei loro sentimenti? È solo che

«Non ti sembra di avere fretta?»

«Fretta? E cosa devo aspettare?, rispose, quando la guardo e lei mi guarda, ah non ci sono parole per descriverlo. È fantastico. È come se potessi entrare nei suoi occhi».

La birra era quasi finita. Un ultrà aveva rotto un bicchiere per terra. Decisero di andarsene.

Dentro alle righe del racconto si stavano consumando anche gli ultimi giorni di primavera. Di lì a poco sarebbero cominciati gli esami. Ma Andrea iniziava a studiare solo quando la merda gli arrivava all'altezza del mento. Non un secondo prima. Scriveva, correva, leggeva nuove poesie. S'era invaghito di una poetessa del mare. Trovò quel libro in un pomeriggio di pioggia nella libreria dietro casa. Aveva sfogliato il libro sottile con i capelli bagnati ed era capitato in un verso talmente sussurrato da fargli avvicinare l'orecchio alla pagina. Da dietro la cassa, la ragazza lo guardava storto. Ogni sera, come una preghiera, sfogliava le pagine di quel libro e leggeva una poesia. Una sola, come sempre.

Ammise a se stesso che Linda gli mancava. Mi manchi, disse. Lo fece con il respiro che si spezzava una sera umida dei primi di giugno. Il temporale del pomeriggio aveva spazzato via l'illusione di un'estate a maggio, e il profumo che saliva dall'asfalto gli rallentava la corsa. Sempre di più. Fino a che decise di fermarsi. Il fiatone con una mano appoggiata ad un lampione. La luna era un confetto. Di zucchero. Soltanto zucchero. Un disco diafano appeso al crepuscolo. Andrea la fissava. Tirò un filo della tuta e lo spezzò. Lo lanciò. Il filo blu si confondeva con il cielo, tanto che la luna non se ne accorse e subito si ritrovò cinta dal cotone. Cercò di divincolarsi ma niente. Andrea con un piccolo salto salì sul filo ondeggiante. Si arrampicò molto. Sudava. Su, su fino in cima col filo blu che sembrava rompersi ad ogni strattone. La città sotto di lui. I piccioni rientravano nelle loro case goffi sulle zampette, i tetti immobili negli spigoli dei coppi, un gatto lo guardava. Miagolò e si accucciò. Nel silenzio si leccò il pelo della coda. Poi tornò a guardare quel trapezista in tuta da ginnastica. Andrea non ce la faceva più, ma finalmente, ecco. Ora poteva schivare quel confetto. Linda, ne era sicuro. Allungò la mano. Un dito tremando quasi la toccò. Ciao Linda, posso accarezzarti un istante? Uno solo ti prego. La luna clemente si era avvicinata e Andrea la abbracciò. Mi manchi, disse. Poi il filo non resse più e Andrea cadde.

Ma certe cose Andrea non le voleva scrivere. Certe cose erano troppo preziose. Non voleva scrivere uno sguardo. In macchina lungo l'autostrada. Non riusciva a guardare i suoi occhi. Erano troppo, i suoi occhi erano troppo. Guidava e Linda stava lì a fissarlo. Ma Andrea non resisteva e ogni tanto si girava. Gli occhi di Linda si erano affusolati ai lati. Scendevano giù piano come una carezza. Avevano l'espressione di chi ha il cuore leggero e sorride guardando un cucciolo camminare sulle zampe troppo grandi. E lo accarezzavano.

Andrea le aveva disegnato un abbraccio. Erano loro due alla fine del tempo.

«Un disegno per te».

Linda lo guardò e se ne uscì con quegli occhi.

«Non ho mai visto una vita così», disse Andrea. E Linda lo abbracciò che quasi finirono fuori strada.

No, certe cose non le voleva scrivere. Ma perché no? si chiese poi. Per lui scriverle non significava solo viverle di nuovo, significava formare con le dita una figura che resistesse alle intemperie della vita. Pazientemente nella sua bottega modellava il legno. Passava giorni interi a rendere naturale quel sorriso. Una settimana solo per levigare il seno. Si dimenticò del tempo quando dovette rifare gli occhi.

Occhi d'oriente, Andrea piangeva dentro ogni venatura. E allora capì. In quel momento capì cosa stava facendo e perché. Fu un soffio e una bufera. Un fiocco di neve in una giornata di sole. Un'attesa lunga una vita. Un sollievo e una certezza.

«Scrivere», disse, «è amare».

ESTATE

A volte mi trovo sospesa, galleggio sulle parole degli altri e mi sento diversa. Chi sono? Cosa voglio? Adoro i lampioni di notte. Soli, sembrano innamorati. Si guardano e stanno immobili. Il vento non li capisce. La pioggia gli fa un dispetto. Si scrutano piano. E mai, mai si toccano. Forse. Forse all'alba. I raggi del sole ancora timidi allungano il dorso delle loro ombre. E i lampioni possono cercare di schivarsi. È sottile l'ombra. Sempre più sottile. Quasi svanisce. Ma aspetta lampione io ti voglio solo accarezzare, ma... Una nuvola. È carica di pioggia, insegue il sole e lo copre. Non ci sono più ombre lampione, addio lampione, io ti amavo. Morirò. Ma questa notte ancora ci guarderemo. Tu ed io, lampione silenzioso. E aspetterò il mattino per avvicinarmi a te nell'ombra. Nessuno ci vedrà. Adesso è solo pioggia. Adesso è solo pioggia.

Pioggia che rimbalza nelle pozzanghere. Ha il suono dei grilli lontani nelle estati dell'attesa. Cola giù da una foglia e si mischia ai sassi. Scivola dal cielo e si posa sugli occhi. Scosto la tenda. Guardo dalla finestra. La pioggia è dappertutto. Chi sei pioggia? Cosa vuoi da questa domenica mattina? Sei lago e mi trovo sospesa, galleggio sulle parole degli altri e mi sento diversa. Loro parlano come se niente fosse e invece le gocce continuano a rigare il viso. Piango mentre muovono le mani. Perché ci siamo allontanati? Cara amica perché sei partita? Ti vedo salire sulla bicicletta dei giorni e pedalare via. Sola ti aspettavo, ma. Solo un puntino. Sparisce anche l'ultima goccia di questa giovinezza umida.

Oggi è già diverso. Diverso da cos'era il tempo fino ad un istante fa. Sento nel vento lo scorrere della vita.

Certe parole, certi occhi non lo sanno più dire. Certe case, certe strade non si spostano mai. Ogni volta che ti vedo, amica. Ogni volta è già passata. Ti sei fermata? O sono io che non so dove andare? Forse sto correndo e la pioggia mi bagna il viso. Ma... Che confusione, come vorrei non galleggiare, non rimanere sospesa ma affogare, cadere dal filo del trapezio, dall'altra parte chi c'è? Un marinaio mi salverà, un acrobata afferrerà i miei polsi mentre credo di cadere e sento il vento, ancora il vento ad abbracciarmi. E li amerò entrambi. La poesia del mare e il mistero del circo. Io sono mare, amica. Io sono le onde mosse dalla luna appesa io sono il sale negli occhi di una bambina. Guarda l'oceano e sa che non lo lascerà mai. Io sono Linda. Piccola Linda cerca le braccia del padre mentre il motore della barca borbotta dove nessuno può sentire il fluire stanco delle emozioni. Piccola bambina sogna ancora sotto le coperte trasportata qua e là dalle onde calme. Soltanto un miglio per diventare grande, per chiedersi chi sono? Cosa voglio? La risposta sta nelle conchiglie. Rico-

noscerà il suono del vento che la segue da quando per prima ha visto il mare. Piccola Linda. Lei è nata quando ha visto il mare. Il vento si è incuneato nell'osso e aspetta. Arriverai un giorno, dice, e mi riconoscerai. Ti dirò chi sei, cosa vuoi, perché a volte tutto ciò che ti sta attorno sembra così estraneo. Un giorno. Quando avvicinerai la conchiglia all'orecchio. Io sarò lì dentro, vento del tempo. Ti parlerò sottovoce e tu capirai di essere già grande. Aver perso le mani di tuo padre che seguono col dito sulla cartina la rotta da seguire, i suoi baffi che vorresti accarezzare, tua madre seduta sulla poltroncina legge distratta, tuo fratello si avvicina. Si avvicina a te e sorride. Perderai tutto questo perché sei già grande e il tempo e la vita non si fermano più. Ma, aspetta. Saranno lì, nella corrente dei ricordi, e mai, mai si sfileranno dalle tue dita. Sempre li potrai afferrare e guardare. Solo per pochi istanti. Perché adesso sei tu. Sei solo tu, giovane donna, solo tu e la tua valigia. Nessun marinaio tirerà la cima nessun acrobata farà una piccola piega di sorriso se non lo vorrai. Solo tu. La vela è pronta, la rotta non serve. Ti porterò dove vuoi. L'ancora si è già frantumata, è tempo di partire.

Così parlava il vento mentre Linda si affacciava alla prua della piccola barca. Il cappello impermeabile volò via. Lei si girò e lo vide danzare nell'aria. Un ballo nervoso con gli occhi chiusi. Schizzava da un lato all'altro del cielo e poi saliva per un paio di metri, si perdeva e ritornava. Si posò per un attimo sulla barca e poi via. Sempre più lontano, trasportato dal vento. Lontano. Svanito.

Linda lasciò il timone e si infilò sottocoperta. Sentiva il rumore del mare. Faticava a calmarsi. Da un piccolo oblò vide un pesce fissarla. Allungò un dito fino al vetro. Il pesce stava fermo, muoveva la coda e la guardava. Poi se ne andò.

Dov'è la vita? In queste pagine di libro che sto leggendo prima di addormentarmi? Perché la mia casa non c'è più. La mia stanza non sa più chi sono, il letto si sposta ad ogni sguardo. L'armadio non cigola più per darmi la buonanotte. Ora i mobili parlano solo tra di loro da quando me ne sono andata. Sanno che devo andarmene. Sanno che non è più tempo di questo pigiama di queste coperte della voce di mio padre che tossisce mentre piega un orecchio della pagina del libro. Borbotta qualcosa a mia madre.

«Buonanotte», dice. Sento un bacio. Quanti baci. Per tutta la vita baci. Spegne la luce e si addormenta.

È l'amore? È la vita? Perché l'amore non può essere per sempre? Per una volta, per una volta per sempre.

Ma quante volte ho passeggiato sul muschio del passato. Quante infinite volte ho cercato di recuperare i pezzi di vetro rotti del presente. Unirli e specchiarmici ancora. Ma il riflesso è opaco. Spigoli di pelle non mi riconosco. E allora li ho gettati e ho pianto. Ho capito che non si torna più indietro non si può lottare con l'aria. Sono qui. Lontana da tutto. Ora ci vedo. Ed è ironico come più ci si dimentica delle cose, più esse tornino indietro con la forza della necessità. Alla fine si torna sempre da dove si è partiti. Mi manca la via di casa. Una domenica mattina qualunque con la voce di mia madre che mi aspetta col caffèlatte. Scendere le scale sulle ciabatte. Accarezzare René. Adesso mi seguirebbe. La sua coda a uncino schiverebbe le mie gambe e io lo accarezzerei con gli occhi fissi sui suoi. Un giornale. Il profumo dell'inchiostro. Il suono accartocciato della colazione. Mi manca ciò da cui sono fuggita. Non ci si ricorda mai di dimenticare.

Un giorno Linda lesse una storia. La storia di un ragazzo e dell'albero suo amico. Il ragazzo da piccolo si divertiva ad accarezzargli le foglie, a salire sul suo tronco e camminare in bilico sui suoi rami. Tutti i giorni. L'albero era felice, sentiva quel piccolo corpo salirgli dappertutto e per scherzo lui muoveva qualche ramo o lo cullava fino al sonno. Il ragazzo amava quell'albero, tanto che alla base intagliò la forma di un cuore e ci mise dentro le loro iniziali. Poi lo chiuse e i loro nomi rimasero lì per sempre.

Il ragazzo crebbe, e non aveva più tempo per giocare con l'albero. Si innamorò di una ragazza, e andava a salutare l'albero soltanto quando non stava abbracciato alla sua amata. L'albero si rattristì e perse qualche foglia.

Dopo qualche anno, il ragazzo, diventato ormai uomo, andò dall'albero per chiedergli aiuto.

«Albero, caro albero, ho bisogno di un tetto per la mia famiglia, come posso fare?» E l'albero disse

«Vieni qui, ragazzo, taglia i miei rami, e costruisci una casa per la tua famiglia». Il ragazzo li tagliò e costruì una casa.

Passarono gli anni e il ragazzo non tornò più all'albero spoglio. Poi un giorno, diventato ormai vecchio, il ragazzo andò dall'albero e gli disse

«Ciao albero!»

L'albero era felicissimo di vederlo e raddrizzò un poco il tronco.

«Ciao ragazzo, sei tornato!»

«Caro albero ho bisogno di aiuto. Devo fuggire da qui, devo scappare. Ho bisogno di una barca per navigare lontano». E l'albero gli disse

«Taglia il mio tronco e fanne una barca. Con quella potrai navigare lontano. Allora il ragazzo lo tagliò e costruì una barca con cui navigò lontano.

Dell'albero restò soltanto il ceppo con il cuore intagliato e i loro nomi lì dentro. Era un ceppo largo che rimase su quel suolo per molti anni. Un giorno, con la sera che stava per giungere ancora dietro il cielo, il ceppo sentì il suono di passi lenti e leggeri. Alzò gli occhi e vide un uomo. Una figura storta, vecchissima. Era il ragazzo.

«Ciao albero», disse il ragazzo con fatica.

«Ciao ragazzo», rispose con un filo di voce l'albero.

«Albero sono stanco, stanchissimo. Ho bisogno d'aiuto. Mi serve un posto per riposarmi. Le mie ossa sono fragili, il mio cuore debole».

«Riposati qui, disse l'albero, il mio ceppo è largo e comodo. Potrai sederti qui fino a che vorrai». E il ragazzo si sedette. L'alberò sentì le sue ossa. Ancora, come quando era bambino, il ragazzo stava su di lui e l'albero sentì di essere felice, di aver aspettato tutta la vita per il suo ritorno e di averlo infine ritrovato. Sorrise piangendo. Il ragazzo si distese rannicchiandosi sul ceppo largo. Le sue dita sentirono l'intaglio sul tronco. Il loro cuore. Chiuse gli occhi piano e si addormentò.

Linda sfogliò l'ultima pagina e pianse. Vita. Vita. Partenza. Attesa.

«C'è chi parte», disse al vento, «c'è che parte e chi aspetta. Ma alla fine ci si ritrova sempre. Alla fine chi è destinato a rimanere legato si ritrova. Perché così deve andare. Perché questo è il senso dell'amore. Ritrovarsi».

Linda decise. Erano passati dei mesi dalla sua partenza. Si era cercata, e un poco, quel poco che bastava, si trovò. Lo sentì quel mattino. Il mattino di una domenica qualunque. Linda decise di tornare. Era finita l'estate.

Linda era tornata. Linda era tornata a casa. Le stesse vie, gli stessi profumi della sua vita tornarono uno dopo l'altro. E lei si sentiva bene e male insieme. Felice e nostalgica di ciò che era sempre stato lì e che non fu mai. Il tempo.

I platani non s'erano mossi di un centimetro, e il baracchino dei panini pullulava delle stesse facce, degli stessi odori alacri. Le foglie del suo ritorno si stavano seccando in quell'autunno accennato e Linda chiudeva gli occhi volendosene andare ancora. Sua madre borbottava per la confusione che aveva lasciato in camera, ma poi le sorrideva sapendo che era una donna ormai. Una giovane donna. Linda non voleva più giocare.

Se fu una coincidenza o meno, è difficile dirlo. Guido era lì. Fuori dal supermercato che spingeva il carrello della spesa. Linda lo vide.

«Guido!» Gli scappò di pronunciarlo così, come una scossa.

Guido si girò. Non s'erano più sentiti. Non s'erano

più visti per mesi. Mai una telefonata, né un ritorno. Eppure. Eppure Linda vide gli stessi occhi dell'ultima volta, dei caffè, della montagna della barca che galleggia dei risvegli delle lotte. Gli stessi occhi innamorati.

Guido non aveva mai smesso di amarla. Mai. E *mai* è una parola che si fa fatica a credere. Eppure Guido era lì. Con i polsi che tremavano mentre a pochi metri stava Linda e i suoi capelli neri, Linda e le sue mani che lo accarezzarono, Linda e la sua voce che per anni gli disse *Guido, io ti amo*. Linda Linda Linda... quanto è lunga la vita.

Si avvicinarono piano, come se stessero attraversando un ruscello cercando di non bagnarsi. Quanto aveva aspettato quel momento, Guido? Quante volte aveva sperato di incontrarla, preparato mille discorsi, il profumo che piace a lei, le letture che piacciono a lei. E invece. Così per caso. Con il maglione che portava quando stava a casa. Con i capelli arruffati, con gli occhi dell'amore. Si abbracciarono in punta di piedi. Poi sempre più stretti, sempre più stretti di fronte alla vetrina con la scritta verde Sma.

«Ciao Linda», le sussurrò all'orecchio. «Sei tornata».

Dalla finestra guardava il tramonto sciogliersi lungo nuvole di tempera rosa. Poche righe prima Linda aveva rivisto il colore salato dei suoi occhi. La porta della stanza era chiusa a chiave e Linda piangeva stesa come uno straccio sulla scrivania. Non si può mai tornare indietro.

Linda piangeva. Per Guido non sentiva amore. E Guido invece non aveva fatto altro che amarla. Sempre. Aspettare che lei tornasse e mostrarle i suoi occhi. Guido non ce la faceva a voltare pagina. Era fatto così. Linda invece si voleva troppo bene. Una sera, anni prima a ridosso delle superiori, Linda vide un tradimento. Lo vide di fronte alle sue certezze, sgretolandole come terra secca nelle mani. Il suo ragazzo baciava un'altra. Baciava quella puttana appoggiato col culo alla macchina in cui avevano fatto l'amore, lui e Linda, aspettando l'alba sdraiati esausti sui sedili. Linda urlò. Lui si girò e sgranò gli occhi. Linda si avvicinò al suo ragazzo e gli diede uno schiaffo con tutta la forza che aveva in corpo. Pianse e se ne andò. Per dei giorni pianse. Mangiava poco, controllava il telefono. Ma poi una sera, facendosi la doccia prima di uscire, passando un po' di mascara lungo le ciglia arricciate, Linda guardò il riflesso dei suoi occhi e disse

«Basta».

Linda disse basta. Guido invece? Lui non ce la faceva. E sperava, continuava a sperare in un ritorno. Quanto dolore. Linda non voleva farlo soffrire, vederlo riempire gli spazi lasciati bianchi dalla sua partenza. Linda voleva solo che Guido amasse un'altra donna come amava lei. Guido, semplicemente Guido.

Eppure in quei giorni di settembre, il cielo terso di pensieri, Linda rivide Guido per un caffè, per una pizza, un cinema. Poi una sera a teatro. Il suo vestito migliore, Guido la passò a prendere con la macchina di suo padre. Linda vestiva un lungo abito rosso scuro che lasciava la schiena scoperta. Il drappeggio verso le caviglie, i tacchi e un'inconfondibile femminilità. Era bellissima. Passarono una lunga serata a sorridere di nostalgia per una commedia di Paul Auster. Alla fine dello spettacolo Guido la riportò a casa. Prima che lei scendesse, corse ad aprirle la porta e le tenne delicatamente la mano. La salutò. La guardò negli occhi e ripartì. Dallo specchietto Guido vide Linda sbracciarsi con la borsetta in mano. Inchiodò. Tornò indietro con il cuore che pompava litri di sangue e scese. Un bacio. Guido voleva un bacio. Dopo tanto tempo adesso, si adesso!

Ma i suoi occhi. I suoi occhi non furono mai così distanti.

«Guido», disse Linda prendendogli una mano, «Guido...»

Ma Guido non diceva niente. Aveva capito. L'illusione è una bestia. Ti sbrana appena cerchi di accarezzarla.

«Guido così no. Ti voglio bene, Guido. Ma così no».

E Linda che voleva trovare le parole giuste almeno

non ripetere quegli stupidi *così no*. Eppure le parole adatte non esistono mai. Linda s'era sbraccciata, l'aveva richiamato indietro perché aveva visto che nei suoi occhi si era riaccesa la speranza. Linda aveva cercato di dirglielo. Nei caffè, nelle passeggiate brevi. Ma come si fa?

Qualche giorno prima era tornata all'università. Le ultime carte da firmare, poi la discussione fra un paio di mesi. Camminava lungo i corridoi tra la gente e gli zaini. Si fermò alla segreteria e aspettò in coda leggendo un libro di poesie. L'ultimo verso l'aveva lasciata appesa alle parole, e chiuse il libro guardando il soffitto. Controllò la fila. Cinque, sei persone. E prima di appoggiare lo sguardo sulle pagine, vide camminarle in direzione opposta Andrea. Camminava tenendo la testa china su un foglio che teneva in mano. I capelli gli si erano allungati un po', la stessa giacca gli stessi occhiali. Lo vide avvicinarsi e Linda si ritrasse un poco. Girò la testa verso la finestra. Dai vetri entrava abbagliato il riflesso di un settembre tardivo. Andrea passò senza accorgersi di lei. Linda tratteneva il respiro, e quando la porta si richiuse dietro di lui, lasciò andare le braccia e il cuore. Voleva uscire, corrergli incontro e abbracciarlo. Ma rimase lì. La fila si spostò avanti di un passo. Lei non si mosse.

E lì aveva capito che Andrea le mancava, che voleva rivederlo, dirgli che aveva pensato a lui, che nei mesi passati lontana, sotto al sole o alla pioggia, la luna a comparire e scomparire dietro le nuvole della notte, nelle risate e nelle lacrime, Andrea le tornava alla memoria. Ritrovarsi. Voleva solo quello. Piano. Giorno per giorno, un'emozione alla volta. Senza fretta, Linda sentiva di essere innamorata.

A Guido di questo non disse nulla. Ma lui capì tutto.

Un'amicizia non è possibile, pensò, *quando dentro hai l'amore*. E piano se ne andò a fari bassi nella macchina di suo padre.

Alla fiera del libro s'era messo la giacca buona. Camminava solo per gli stand zigzagando tra le facce assonnate. Buongiorno. Stretta di mano. Questo è il mio manoscritto. Grazie, arrivederci. E la sera arrivò di colpo.

Si fermò per ultimo da un editore triestino. Andrea Trieste la conosceva bene. Trieste. Trieste nei palazzoni che nascondono il sole. Nel mare che schiuma piano per avvicinarsi e non arrivare mai. Nel bronzo di Saba avvolto nel cappotto e nel passo attento di Joyce relegato sulla carta straccia di un Canal Grande di periferia. Trieste col sali e scendi del tram dove i binari si perdono sulle colline. Trieste di notte. Se la cammini ti parla. Il vento si intrufola tra i vicoli e le gambe sottili dei gatti. *Sono stanca*, ti dice. *Stanca*. E allora la abbracci. Ti tieni forte a un palo per non cadere. Vedi fogli volare via e sparire. Poi passa. Si addormenta di nuovo. È giorno. Trieste e la poesia. Andrea ci andava quando non ce la faceva più del cielo indifferente. Prendeva il treno e via. Due ore o tre l'andata. Due ore o tre il ritorno. Il mare, era il mare che lo fregava. Porse il manoscritto all'editore. Era un uomo basso. Le mani tozze, lesse le prime pagine.

«La contatteremo noi», disse. Ad Andrea parve un altro *grazie arrivederci*, e invece dopo un paio di settimane arrivò a casa una lettera formalissima. Dentro c'era un sogno scritto a computer. Il giorno seguente Andrea si recò dall'editore. Il treno sbucava dal tunnel e il mare d'ottobre era lì, come sempre.

E dopo un paio di mesi il libro sarebbe uscito. Qualche presentazione. Le dediche da scrivere in penna, quelle ad hoc e quelle distratte, poi la dedica del libro. Stampata al lato destro della quinta pagina bianca. *A Linda*. Fin troppo romantica. E allora Andrea ci aggiunse, quasi per prendersi un po' in giro, *ti penso sempre*.

Il libro era per lei. Il racconto della loro storia d'amore. Il suo rincorrersi come fa il vento d'autunno, l'intrufolarsi negli angoli dell'attesa e finalmente avvolgersi in un unico, lungo bacio. La voglia di rivederla, consegnarglielo a mano impacchettato con un nastro rosso, una rosa e un glicine, il desiderio e la mancanza. L'amore.

Ora invece. In treno verso Milano, Andrea cercava le parole per dirglielo. Con la penna scriveva e poi tirava un segno per cancellare. Riscriveva e ricancellava. Chiuse il taccuino nero. Fuori le case e i prati. Linda di marzo. Una sera l'avevano passata in un piccolo ristorante bavarese. I canederli affogati nel brodo, il vino rosso tutto d'un fiato, i baci, gli sguardi. Nell'altro tavolo si chiedevano perché. Tutti quei baci, la forchetta lasciata a mollo nel piatto. La punta delle dita a toccarsi, schivarsi ancora. Linda e Andrea risvegliavano il letargo dei giorni adulti. Della tv, delle dita che non sanno più cosa scrivere per cercare qualsiasi cosa su internet. Dei negozi di computer, dell'orario di lavoro e delle lancette dell'orologio. Del venerdì sera finalmente è arrivato, dell'*Oh no, lunedi mattina*, gli occhi, le ossa molli. Del tempo inesorabile, dell'omologazione, della macchina grossa - eccolo il sogno. Delle frasi da commerciante, delle pacche sulle spalle, dell'ipocrisia, ma come si fa a farne a meno? Delle pubbliche relazioni, «Andre ti accorgerai che gli ideali saranno falsati, come scomparsi nei pomeriggi». Gliel'aveva detto suo cugino, un libro di racconti di Tondelli in mano non sapendo dove sistemarlo. Della fretta, del cinismo, degli occhi asciutti. Tutto cancellato quasi mai esistito in quell'abbraccio. Andrea e Linda. La cassapanca al posto delle sedie. La *erre* che non c'è nella voce della cameriera.

Dopo mangiato, avevano passeggiato lungo il fiume. Si tenevano per mano. Non parlavano, no. Non occorreva. Salirono in camera a fare l'amore. In bagno, nudi verso mezzanotte, le gocce sui vetri, lo specchio a fissarli, Linda disse basta, Linda disse:

«Basta cercare. Andre rimaniamo così, in questo istante». E col dito seguiva una goccia accelerare la caduta ma poi fermarsi.

Il treno rallentò. Milano Lambrate. Andrea si sistemò la giacca e uscì nel corridoio. Nel vano della Stazione Centrale piroettavano qua e là piccioni color della cenere. Passi veloci, l'eco della voce registrata. Andrea era diretto a Malpensa. Il bus, sei euro. Caricò la valigia e salì. La tangenziale, l'autostrada. Andrea partiva. Se ne andava per dei giorni, forse settimane, nell'ovatta di una Londra delle cinque del pomeriggio. Lì sarebbe stato ospitato da un amico (più conoscente che altro). E avrebbe respirato lentamente gli ultimi cinque, dieci anni. Sarebbe tornato indietro lungo il cammino impervio dell'adolescenza. Andrea l'aveva passata lì, proprio in quella Londra da vacanza studio. D'estate. Quando ancora si piange per il primo bacio, i mods, i Clash ti fanno urlare, vestirti di pelle e una maglietta bianca, le notti insonni a fumare le prime avvisaglie di libertà, il cielo in polvere, il bus che ti riporta in Italia, la consapevolezza di avercela dentro per sempre l'Inghilterra, tenertela stretta in ogni ricordo sgonfiato, in ogni fotografia schedata nel cassetto nella confusione della crescita. Quella per cui David Bowie è ancora dappertutto, le cose ti succedono senza chiederti il perché, l'amore lo fai quasi per sbaglio, ti dimentichi di tagliare gli indizi di baffetti scoprendoti indipendente nelle risate perché non ti manca casa. Il gel nei capelli, di notte si dorme non importa dove, la giovinezza è sfumata la prima volta che allunghi la mano a stringerle la tuta, le guardi gli occhi verdi e la baci. Non sai come si fa ma la baci. Le labbra, la lingua, cos'è sta roba? Poi l'imbarazzo, la corsa nel dormitorio, la corsa lungo la tromba delle scale a urlare *l'ho baciata l'ho baciata* e gli altri guardano i tuoi baffetti e capiscono. I tredici anni, quindici forse. Il campeggio è un ricordo. Tua sorella ti teneva d'occhio ma ora sei solo tu. Tu e il tuo tempo. Il bucato da fare, la lavanderia a gettoni. Guardi dentro l'oblò e ci vedi tutta la tua vita passata di bambino centrifugare e scomparire. Rimangono le gocce. Il giorno dopo l'adolescenza sta già lì, stesa tra i calzini e le mutande.

L'Inghilterra è lo specchio del passato. Andrea voleva riflettere la sua immagine un'ultima volta per poter andare avanti. Lasciare alle spalle il primo quarto di secolo e affrontare il secondo. La ribellione ora si era placata. Anzi trasformata. Ora è volontà. Non più fine a se stessa. Ora Andrea aveva finito di cazzeggiare. Ora sarebbe arrivato il lavoro. E come un fantasma l'avrebbe avvolto in ogni angolo di pelle. Ma perché? Perché non poteva essere meglio di com'è adesso? *Ancora meglio*, aveva detto un giorno Linda. Andrea voleva scrivere, ma di scrittura mica si vive. Ci sono le regole, le tasse e i compromessi. Incollata alla porta dell'età adulta ci vedeva una targhetta con la scritta Tempo. Andrea tirò fuori di tasca una penna e ci scrisse sotto Volontà.

Fili di pioggia appesi al cielo scendevano come lame a scheggiare Milano. Faceva freddo, freddissimo. Un vento gelido faceva sbattere i balconi del condominio.

«Chissà se nevicherà», disse Giulia.

Linda guardava dalla finestra. La piccola valigia pronta. Il treno fra un paio d'ore. Milano l'aveva quasi dimenticata. Milano è dappertutto. Non c'è un angolo, uno spigolo che evitandola non soffra. Al di là del vetro, Linda poteva vedere all'interno di un appartamento. Un uomo stava chino sul computer. Scriveva qualcosa e poi si stropicciava gli occhi. Beveva da una tazza rossa e riscriveva. Giulia era sdraiata sul letto. Maneggiava la sua macchina fotografica chiedendosi cosa avesse.

«Cos'hai?» chiese. Linda non rispose. Non subito. Guardava quell'uomo bere e posare la tazza. Scrivere e poi scuotere la testa. Giulia si alzò e si avvicinò alla finestra. Linda stava seguendo con il dito una goccia di pioggia che lacrimava sul vetro.

«Cosa c'è?»

«Niente».

«È tutto il giorno che sei così».

Linda alzò le spalle e mosse di poco le labbra verso destra, subito seguite dagli occhi. Giulia conosceva quella smorfia.

«È per Guido?»

Linda la guardò. Accennò un sorriso. Da quanto si conoscevano? Sin da piccole. Il prato dietro casa. Il ruscello e le *barbie*. I panini con la cioccolata, i primi baci. Le confidenze, le piccole gelosie, le medie e i ragazzi. Poi le superiori, l'amore, la distanza, gli stessi occhi *ti voglio bene anch'io*, le lacrime. Sempre legate e sempre lontane. L'amicizia viene da sé quando ci si ama così. Poi quella stanza. Quella stessa stanza a Milano, l'università l'avevano fatta lì. Linda era tornata per un week-end.

«Come può svanire così? Come si può essere sicuri di amare e poi tutto sparisce in un soffio?»

Giulia non disse niente. Prese in mano la macchina fotografica e ruotò di poco l'obbiettivo. Poi la ripose.

«Forse non era amore», disse, «o forse l'amore non esiste». Fece una pausa. «Ma lui come sta?»

«Male, credo. O forse no. Forse sta bene.»

«E tu?»

Linda tornò a guardare dalla finestra. L'uomo al computer se n'era andato. La sedia era vuota e la pioggia si era infittita.

«Io non so come sto».

L'AUTOBUS ERA IN RITARDO

L'autobus era in ritardo. L'aereo sarebbe partito dopo quaranta minuti e Andrea si trovava ancora in tangenziale. Il cellulare di un ragazzo continuava a squillare e lui non rispondeva. Squillava e non rispondeva. La pioggia e il traffico. Andrea aveva un biglietto elettronico. S'era scritto in penna il codice sul dorso della mano e controllava l'orologio ogni trenta secondi. Non aveva bagagli, solo lo zaino.

Finalmente. L'autobus arrivò al terminal Arrivi. Le porte si aprirono. Per il terminal Partenze, disse una voce, rimanere a bordo. Ma era tardi e la scritta gialla PARTENZE la vedeva lì in fondo. Correndo ce l'avrebbe fatta. Ma si fidò. L'autobus richiuse le porte e ripartì. Andrea molte volte si sarebbe chiesto perché, ma l'autobus tornò in tangenziale, rubò altri dieci minuti di pioggia e arrivò al terminal Partenze. Andrea balzò fuori e corse dentro l'aeroporto. Ecco, diciamolo, se si ha fretta, l'aeroporto Malpensa di certo non aiuta. L'edificio è sviluppato in alto in tre o quattro piani. Gli arrivi al primo, le partenze al secondo e così via. Per arrivarci si può prendere un autobus dalla Stazione Centrale di Milano, ma non si sa quanto ci si mette. Un'ora? Due? Oppure la metro fino a Piazzale Cadorna e poi il treno fino all'aeroporto. Le indicazioni sono difficili da cifrare anche in italiano. Le scale mobili per passare da un piano all'altro sono ridicole: se si è al primo piano, si deve scendere al piano terra e poi prendere le scale che arrivano al secondo. Una rampa di scale, diciamo quella che va su, è da una parte dell'aeroporto; l'altra rampa, che va giù, è dall'altra parte. E lo si scopre solo dopo averlo percorso in lungo e in largo.

Andrea era in ritardo. L'aereo sarebbe partito dopo venti minuti e lui correva su e giù per le scale mobili cercando di scoprire la strada da prendere. Col fiatone arrivò al check-in. Buio. Non c'era nessuno. Neppure più la scritta *London*. Chiese informazioni.

«Deve andare in biglietteria. Si trova...». Un'altra corsa affannosa a saltare valigie e schivare coppiette. In biglietteria gli dissero che non c'era nulla da fare. Provarono a telefonare. Niente. Altra telefonata. Niente. E adesso?

Andrea riprese fiato sedendosi di fronte a un grande vetro che dava sulla pista. Un aereo stava decollando. Girava lentamente le ali e Andrea si chiedeva come facessero quelle rotelline a tenere su tutto quel peso. Si sentiva uno stupido. Lasciò cadere il corpo sulle sedie metalliche e pensò ai soldi che aveva buttato via. Alla voglia di andarci in Inghilterra, alla telefonata che doveva fare al suo amico (più conoscente che altro), ai suoi. Avrebbe preso il treno e sarebbe tornato a casa. Forse questo viaggio non è da fare, pensò. Non ora.

Mangiò un panino, prese il treno, la metro, e si ritrovò in stazione a Milano. La fila per il biglietto era lunghissima. Gli ombrelli formavano pozzanghere sul pavimento. Andrea si sentiva umido, appiccicaticcio e stupido. Il malumore e il vento ghiacciavano le ossa. La gente chiedeva sempre troppe informazioni, non si accodava, superava. Una ragazza chiese di poter passare. Mancava quasi mezz'ora alla partenza. Andrea fece il biglietto e andò in cerca del treno. Si sistemò su un sedile azzurro e chiuse gli occhi.

«Ti porto in stazione», disse Giulia. Di fronte agli occhi di Linda, oltre i vetri del finestrino, passavano i ricordi della sua vita a Milano. Quando la paura di una nuova città s'era divincolata dal suo corpo e ne era rimasta solo vita. In quel bar, dietro alla birra cruda di Lambrate, nelle discoteche, nelle serate in videoteca a scegliere film d'avanguardia tanto poi si finiva a vedere l'ultima americanata, dentro le mura di quel parco, Linda ci aveva lasciato un pezzo di cuore, nell'asfalto e nella pioggia, negli angoli bui, nella lotta per trovare un parcheggio, negli amori conosciuti sotto al sole, il pomeriggio, nel rumore del trolley sulla strada, nei negozi del centro, nelle litigate, nelle notti del desiderio, nella vita che a volte scoppia, nella rucola con il tonno e le olive nere, nelle foto appese al muro in camera vicino al letto, nel sesso. Cosa ne era rimasto? Sotto la pioggia galleggiava Milano.

Giulia non parlava. Ogni tanto si girava. Linda guardava fuori. La radio cantava piano un pezzo acustico. I semafori e il suono del tergicristallo. Arrivarono in stazione.

«Ciao Linda». Si salutarono. Un abbraccio che valeva una vita. Da dietro già premevano il clacson.

«Ciao Giulia, grazie». Un bacio sulla guancia. Ti voglio bene, diceva. Giulia ripartì sotto la pioggia e i lampioni. Linda corse e si infilò in stazione. La fila lunghissima per il biglietto. Cinque euro e settanta. Corse al binario giusto. I tacchi si piegavano pericolosamente. Il treno stava partendo. Un piccolo balzo. Le porte si chiusero.

L'ombrello sgocciolava. Il treno era pieno di

gente. La pioggia fuori sembrava diminuire. I corridoi stretti. Un posto vuoto là in fondo. Era un vagone senza scompartimenti, solo tanti sedili blu che si spiavano. Linda si sedette togliendosi la giacca. Sbuffò e tirò fuori di tasca il cellulare. Lesse un paio di messaggi e ne scrisse uno. Poi lo ripose nella borsa. Estrasse un libro. Accavallò le gambe e la gonna nera si accorciò un poco.

C'era silenzio nel vagone. La gente sembrava stanca. Il freddo li aveva lasciati così, imparziali. Andrea si destò. Il collo doleva. Al suo fianco si era seduta una donna che scribacchiava su una tavola di parole crociate. Andrea controllò l'orologio. Guardò fuori. Erano appena partiti. La pianura era nera. Comparivano piccole luci bianche e gialle in lontananza. Qualche macchina e nient'altro. Decise di leggere, ma dopo poche righe i suoi occhi ancora si appisolarono. La testa cadeva in avanti e non voleva saperne di stare su. Si addormentò.

Fu un risveglio brusco. Non ricordava cosa sognò,

ma subito controllò l'ora. Non ancora. Mancava un'oretta almeno. La donna al suo fianco se n'era andata. Il vagone s'era svuotato. Rimanevano si e no una decina di teste che sbucavano dai posti a sedere. La campagna s'era colorata di un sottile manto bianco. La pioggia era scomparsa, e al suo posto cadevano fiocchi di neve che dipingevano la tela della notte. Piano, a brevi pennellate. La neve cadeva qua e là, il cielo era bianco. A Milano, Giulia infilava la testa nella pentola per annusare la cena. La neve non si vedeva dietro il vetro opaco del vapore. In palestra Guido si stava allenando. Correva e guardando fuori la neve lo fece sorridere. Ma poi subito il sorriso tornò al suo posto e col dito aumentò la velocità del *tapis-roulant*. La neve era di tutti. Era lì che scendeva stanca nell'ottobre del ritorno.

Andrea si passò la mano sul viso, sbadigliò e strinse con le dita gli occhi. Li riaprì con la vista annebbiata. Guardava di fronte a sé i sedili vuoti. Poi spostò lo sguardo nella fessura tra i due sedili azzurri e il respiro gli si bloccò. Linda.

Linda era lì che lo fissava. Linda. Linda era lì. Linda era di fronte ai suoi occhi, seduta un paio di sedili di fronte al suo. E lo guardava. Linda guardava Andrea con quegli occhi, gli occhi affusolati dell'amore. Gli occhi che Andrea poteva vedere se solo chiudeva i suoi. Occhi d'oriente, pelle d'ambra, lo guardavano. Il cuore pompava, il corpo era di piombo. Andrea non riusciva a muovere un solo muscolo. Stava lì.

Linda lo fissava da quando erano partiti. Da quando chiuse il libro con uno sbuffo e posò lo sguardo di fronte a lei. Andrea dormiva. Teneva la testa reclinata e ad ogni scossone del treno sbandava un poco contro il finestrino. Lo amava. L'attesa gliel'aveva detto. C'erano i compromessi, certo, la vita il lavoro e tutto il resto. Ma lei lo amava. Lo amava e basta. Cos'altro c'è da aggiungere?

Andrea si alzò senza togliere lo sguardo dal suo. Non ci credeva ancora e si avvicinava ubriaco di quegli occhi. Linda non si muoveva. Andrea l'aveva aspettata. Dalla neve delle montagne che ancora adesso imbiancava la cornice del loro incontro, dalle sere passate a fare l'amore, dai giorni interi a meravigliarsi di quanto era perfetta quella forza d'intenti che li legava come un bottone alla stessa asola, dai tentativi di abbandono, dagli addii impossibili, dai loro corpi nudi di fronte all'evidenza, dalle telefonate e le lettere attese col cuore in gola, dal dolore all'altezza dello sterno, dal profumo della sua pelle, dalle stelle, dai risvegli sognati e dai sogni al risveglio, dalla vita che sembrava scivolare via come acqua dal catino e invece eccola la vita eccoli gli occhi ecco l'amore. Lì. Seduto su un sedile blu con una linea bianca di lato. Un'attesa, un amore, una vita. C'era tutto. Andrea si avvicinò e allungò una mano a sfiorarle il viso. La bocca si schiuse in un sorriso incredulo, le sue dita gli strinsero un braccio, gli occhi chiusi sentirono il desiderio di un *ciao* solo sussurrato, e poi piano, adagio, le labbra si posarono fino all'ultimo segreto istante su di lei.

INDICE

Sartore
QUEL CIAO
ERA GIÀ UN DESIDERIO

Campanotto Editore